힘들면
힘 내려놔

힘들면
힘 내려놔

나를 믿는 습관

정다이 지음

지식인하우스

차례

잘하려고 힘을 빠짝 주고 살아온 날들.

일과 연애, 취미까지 항상 나는 힘을 들여 열심히 했다.

지치고 힘든 날도 있었다.

그런 날은 한 번쯤 마음을 놓아줄 법도 한데,

나는 강박처럼 '잘 해야 된다.', '잘하려면 열심히 해야지.'

마음을 다시 조였다.

힘이 들어가는 습관은 운동을 할 때도 마찬가지 였다.

필라테스 운동 중 다리를 찢었다가 돌아오는 리

포머라는 기구로 운동을 할 때였는데, 내가 몸에 힘이 잔뜩 들어간 채 내려가지도 올라오지도 못하자 선생님이 계속 말했다.

"힘 빼세요. 힘 빼야지 올라오지. 힘 빼세요."

결국 선생님이 상체를 잡아주신 덕에 겨우 올라왔고,

선생님은 나에게 그러다 다칠 수 있다고 말했다.

나는 당황스러웠다.

'너무 힘을 주면 다칠 수 있다.' 잘하려고 힘을 잔뜩 주고 살아온 나에게 이 말은 운동의 안전수칙만이 아닌 삶의 안전수칙으로 들렸다. 몸에 힘이 들어가는 순간부터 몸은 뜻대로 움직여지지 않는다.

힘을 놓아야만 더 올라가고, 더 멀리 갈 수 있는 순간들이 있다. 그래서 힘을 놓는 건 삶의 기술이다.

힘을 놓으면 쌓아올린 것들이 다 쏟아질까 겁이 났다.

잘하고 싶어서 힘을 주고 살아왔지만, 적절히 완급 조절을 하는 사람이 잘하는 사람이란 사실을 알아버린 지금.

나는 몸의 힘과 마음의 힘을 내려놓으려 노력한다.

힘을 놓는다는 것은 유연하다는 것이다.

이제 우리 힘들면 힘내지 말고, 힘을 내려놓자.

굳어버린 몸과 마음의 긴장을 풀고 근심, 걱정까지도 모두 내려놓자.

나도 모르게 젖 먹던 힘까지 쥐어짜고 있다면, 이렇게 말해보자.

"힘들면 힘 내려놔."

새로운 계절을 시작하며

정다이

Part 1

나를 믿는
습관

타인이 나를 뭐라 부르건
그것은 중요치 않다.
중요한 건,
당신이 그들에게 뭐라 답할 것인가이다.

W.C. 필즈

01

다른 사람들은 뭐라고 해도
나는 나한테 뭐라고 안 할래

사람은 누구나 실수를 한다. 일을 하면서 하게 되는 실수는 어김없이 자존감을 박살 낸다. 특히 그렇게 한 실수가 안 좋은 방향으로 흘러갈 때, 사람들은 어김없이 비난의 대상을 찾는다.

"네가 한 실수 때문에 지금 상황이 이렇게 됐잖아."
"조심했어야지." "정신 안 차려!" "이게 다 너 때문이야."

나 역시, 그런 상황에서는 비난이 되어 날아오는 화살들을 피하지 못하고 다 맞아야만 했다. 그게 미덕이라고 생각했다. 내 잘못이라는 걸 이미 잘 알고 있는데 남들의 비난까지 쏟아지니 주위의 눈치를 보게 되고 주눅이 들어 스스로를 더욱 자책하고 비난할 수밖에 없었다. 스스로 벌을 받는 시간을 갖게 된 것이다.

하지만 나의 이런 방법은 더 큰 실수를 부르기도 했다. 실수를 반복하는 내가 무능하게 느껴졌고 가치가 없는 사람이라 여겨지기도 했다.

그러던 어느 날, 답답한 마음에 산책을 하다 우연히 절을 발견했다. 도심 한복판에 있어 자연스레 걸음을 옮겼고, 안쪽에서 절을 하고 있는 사람들을 보고 별생각 없이 안까지 들어가게 되었다. 보살님과 눈이 마주친 나는 무슨 생각이었는지 '절을 하고 싶다'고 말씀드렸고, 보살님은 방석을 가져와서 하면 된다고 일러주셨다.

그렇게 말로만 들었던 108배를 시작했다. 정석대로라면 108번의 절마다 정해진 질문에 대한 답을 구하며 정성을 다해 절을 올리는 게 맞지만, 나는 처음이니 첫 번째 질문과 마지막 문구만을 생각하고 절을 올리라고 하셨다.

'나는 어디서 와서 어디로 가는가?'를 생각하며 첫 번째 절을 올리고, '이 모든 것을 품고 하나의 우주인 귀하고 귀한 생명인 나를 위해' 백여덟 번째 절을 올렸다.

두 번, 세 번, 이어서 절을 올리는 내내 '나는 어디서 와서 어디로 가는가?'라는 첫 번째 질문이 머릿속을 떠나지 않았다. 아무리 절을 올려도 답을 구할 수 없었고, 감히 내가 알려고 들 수 없는 부분이란 생각도 들었다. 60배가 넘어가자 허리가 아프고 다리가 후들거렸다. 이후부턴 머릿속이 하얗게 비워지며 그저 절을 올리는 데 집중했다.

마지막으로 '이 모든 것을 품고 하나의 우주인 귀하고 귀한 생명인 나를 위해' 백여덟 번째 절을 올린다고 생각하자 왈칵 눈물이 쏟아졌다. 지친 몸을 간신히 붙잡고 있던 마음이 덜컥 쏟아져 바닥에 머리를 붙이고 도저히 일어날 수가 없었다.

나는 한참 후에야 고개를 들 수 있었다. 보살님은 나에게 차를 내어 주시고 이야기를 들어주셨다. 그리고 이런 말씀을 해주셨다.

"〈잡아함경〉에 '두 번째 화살을 맞지 말라'는 내용이 있습니다. 사람이 살면서 실수를 하거나 안 좋은 상황에 닥쳤을 때 고통과 고뇌가 생기기 마련인데, 이것을 불교에선 첫 번째 화살이라고 합니다. 이 첫 번째 화살은 피하기가 힘듭니다. 피할 수가 없다고 말할 수 있을 것 같네요. 그런데 사람은 이 첫 번째 화살만 맞으면 되는데, 어려운 상황을 받아들이지 못하고 누군가를 원망하거나 자책하기도 합니다. 그것이 두 번째 화살입니다. 첫 번째 화살은 피할 수 없지만, 두 번째 화살을 맞진 마세요."

보살님 말씀을 들으니 '나는 지금 두 번째 화살을, 어쩌면 세 번째, 네 번째 화살을 맞고 있는 게 아닐까'란 생각이 들었다. 세상에 완벽한 사람은 없고, 누구나 실수할 수 있다는 걸 알면서도 안 좋은 상황과 타인의 손가락질에 휩쓸려 거울 앞에서 내가 나에게 활을 겨누고 있는 모양새였다.

지금도 힘든 상황에 놓이면 보살님의 말씀을 떠올린다.

그 어떤 사람이라도 첫 번째 화살을 피할 순 없습

니다.

하지만 두 번째 화살을 맞진 마세요.

02

나는 나를
이해하기로 했다

나는 가끔 남들이 이해할 수 없는 행동을 한다.

이를테면 물건들이 내가 정한 자리에 있어야 마음이 편하다. 글을 쓰다가도 뒹굴고 있는 연필을 보면 그 연필 때문에 집중이 되지 않아 꼭 연필꽂이에 두어야 한다. 아무리 심각하고 긴박한 상황이라도 한번 의식한 이상 제자리로 옮겨놔야만 하는 것이다.

그러면서도 특이한 건 주위를 잘 살피지 않는 편이라 며칠 동안이나 물건이 제자리에 없어도 잘 모른다. 누가 내 방에 들어왔다가 바닥에 떨어진 연필을 주워 책상에 올려놓으면, 그제야 연필이 떨어져 있었다는 사실을 인지하고 연필꽂이에 꽂아두는 경우가 더 많다.

이렇다 보니 가족들조차 '그럼 연필이 제자리에 없어도 괜찮은 거 아니니?', '특이하네.', '이해가 안 가네.'라고 말하곤 하지만, 여기엔 이유가 있다. 보지 못하면 신경이 쓰이지 않으니 괜찮지만, 일단 발견을 하면 신경이 쓰여서 불편을 해소해야 하는 것이다.

사소하게는 물건의 자리부터, 식습관, 옷을 입는 것, 꿈을 꾸는 것, 일하는 것까지 모든 일을 행하는 데에는 각자 자신만의 방식이 있다. 그 방식이 남들과 다르다고 해서 꼭 그들을 이해시켜야 하는 것은 아니다.

나는 어릴 때부터 남들과 조금 달랐다. 좋거나 나쁘다는 개념이 아니고 단지 조금 달랐을 뿐이다. 그림을 그릴 땐 배경부터 그리고 글을 쓸 때도 결말부터 쓰곤 했다. 그 방식엔 나만의 이유가 있었는데, 이를 이해하지 못한 사람들은 '왜 배경부터 그리니?', '왜 글을 결말부터 쓰니?'라고 묻곤 했다.

이해가 가지 않는다는 말을 듣는 게 싫어서 더러는 남들과 비슷한 방법으로 그림을 그리기도 했다. 그러나 그랬을 때 대부분은 내가 구상한 결과와 달랐다. 그래서 한번은 내 생각에 확신을 갖고 그림을 완성했는데, 사람들은 완성된 그림을 보고서야 나의 방식을 이해했다.

미술 선생님은 나에게 말했다.

"특별한 방식으로 그림을 그리네."

나는 지금까지도 이 말을 잊지 못한다. 이 말은 나의 중심에 자리잡아 남들과 과정이 다른 것에 전혀 불안감을 느끼지 않게 되었다.

남들과 다른 방식으로 어떤 일을 해내었을 때, 그 방식은 특별해진다. 일부러 남들과 다르게 하라는 말이 아니다. 내 방식이 남들과 다르고, 그걸 이해받지 못한다고 해서 불안감에 남들을 따라 하는 것은 바보 같은 일이라는 것이다.

나만의 계획과 이유가 있다면 확신을 갖고 끝까지 해내는 것이 중요하다. 끝까지 가보고 나서 어떤 것이라도 스스로 깨닫는 편이 다음을 위해서는 오히려 낫다.

나의 방식을 남에게 이해받을 필요는 없다. 가장 나를 이해해주어야 하는 사람은 바로 나 자신이다.

03

행복의
세 가지 조건

독일의 철학자 칸트는 행복의 조건으로 세 가지를 얘기했다. 첫째는 할 일, 둘째는 사랑하는 사람, 마지막으로 셋째는 희망. 분명 까다롭지 않은 조건이지만 당신이 만약 행복하지 않다면, 자신이 가지고 있는 것들을 소중히 여기지 않기 때문일 것이다.

칸트가 말하는 행복의 세 가지 조건은 마음먹기에 따라 어렵지 않게 가질 수 있다. 자신의 기준을 어디에 두느냐에 따라 누구나 행복의 조건을 갖출 수 있다는 말이다. 결국 이 말은 행복은 마음먹기에 달렸다는 뜻이 된다.

자신의 행복은 스스로 찾아야 한다. 스스로 행복하지 못한 사람은 타인이 행복을 나눠준다 한들 그것이 행복인지 알아채지 못한다. 마음가짐의 자격을 갖추지 못했기 때문이다. 누구나 행복을 바라지만, 대개는 행복이 너무 멀리 있고 갖기 어려운 것이라고 생각한다.

행복해지고 싶다면 현재 내가 가지고 있는 것들, 나의 일, 나의 사람, 나의 꿈을 진정으로 아끼고 사랑해야 한다. 말은 쉽지만 막상 행하기는 어려운 일이다. 사람들은 갖지 못한 것은 특별하게 생각하면서 이미 가진 것의 소중함은 금세 잊어버리기 때문이다. 하지만 지금 내가 가진 것은 한때 내가 갖지 못한 특별한 것이었다는 사실을 기억해야 한다.

누구나 행복해질 수 있지만 누구나 행복하진 않다. 참 아이러니한 일이다. 그럼에도 불구하고 우리는 행복해질 수 있다는 것에 희망을 가져야 한다.

명심하자. 누구나 행복할 수 있다.

우리는 행복할 자격을 이미 갖추었다.

04

스스로를
과대평가하라

무엇인가를 시작할 때 나는 늘 걱정이 앞선다. 깜빡이는 커서 위에 쓰는 글의 첫 문장이 가장 어려운 이유 역시 그 때문이다. 노래방에서 첫 소절을 부르기 직전의 순간이 가장 떨리는 것처럼, 달리기를 할 때 출발선에서 출발신호를 기다리는 순간이 가장 떨리는 것처럼. '박자를 놓치지 않을까', '넘어지지 않을까' 온갖 걱정들로 머릿속이 가득해진다. 글을 쓸 때도 마찬가지다. 글의 첫머리를 쓸 때면 늘 '이 글이 책이 될 수 있을까.'라는 걱정이 앞선다.

시작은 늘 두렵다. 자신감을 갖고 싶어도 자꾸만 스스로를 작아지게 만드는 건 다름 아닌 나 자신이

다. 생각은 꽤 힘이 세서 곧잘 현실이 되곤 한다. '잘 안되면 어떡하지.'라고 걱정했던 일들은 대부분 잘 안되었다. 반면 '잘될 거야.'라고 긍정적인 믿음을 가지고 행한 일들은 대부분 좋은 결과를 가져왔다.

또 복권처럼 막연하게 근거 없는 믿음을 갖기도 한다. 실상 복권에 당첨될 확률보다 내가 원하는 목표를 이룰 가능성이 더 큰데 아이러니하게도 우리는 스스로를 믿지 못한다. 자신의 가능성, 나의 가치를 아는 일에 상당히 인색하다.

나는 이런 상황을 자존감 그릇이 작다고 표현한다. 자존감이 그릇이라면 가능성은 물과 같아서 자존감이 클수록 잠재적 가치가 커진다. '나'라는 사람은 자존감 그릇의 크기만큼 존재할 수 있는 것이다. 자존감 그릇이 땅과 같다면, 나는 하늘처럼 비를 내릴 수도 있다. 나는 바다일 수도 하늘일 수도 그 어떤 것도 될 수 있다.

꿈은 크게 가질수록 좋다. 꿈을 꾸는 사람은 그 꿈을 닮아가기 때문이다. 스스로의 가치는 과대평가하는 것이 좋다. 한계를 두고 키우는 나무는 크게 자랄 수 없기 때문이다.

　스스로를 최대한 믿고 과대평가하자. 믿는 만큼 성장할 수 있다.

05

인생은
컨닝이 아니다

인생은 선택의 연속이다. 우리는 어떠한 문제에 봉착하거나 마땅한 시기가 되었을 때 선택을 피할 수 없다. 대부분 선택의 순간에 자신과 같은 상황에 놓인 사람들과 비교를 하는데, 남들이 어떤 선택을 하는지에 주목하고 다수가 하는 선택을 따라 하기도 한다. 다수에 속해야 안심이 된다는 이유로 선택을 따라가다 보면 '나로 시작해 남이 되어가는 삶 같다'는 생각마저 들 때가 있다.

인생은 컨닝이 아니다.

타인의 선택을 보고 베끼면, 인생에서 실패를 하게 되었을 때 원인을 모를 수밖에 없다. 풀이 과정이 없으니 오답 정리를 할 수도 없는 것이다. 왜 틀렸는지를 모르니 고쳐 쓸 수도 없다.

　살면서 마주하는 선택의 기로 앞에서 각자의 선택지를 들이대며 '이게 맞고, 이게 틀렸다' 말할 수 없다. 우리는 각자 다른 문제를 가지고 있기 때문이다. 자신의 문제에는 스스로의 판단에 근거해 풀어낸 결론을 선택해야 한다. 그래야 자신이 틀렸다고 생각되는 때가 오더라도 선택을 후회하지 않을 수 있다. 그럴 수밖에 없었던 이유가 내 안에 있기 때문에 다시 고쳐 쓰면 되는 것이다. 인생은 반복되는 문제와 연속된 선택으로 이뤄져 있지만 시험과는 달라서 정답이 없다. 단지 나의 만족만이 있을 뿐이다.
　꼭 한 번에 답을 맞추지 않아도 괜찮다.
　중요한 것은 스스로 선택하는 것이다. 그래야 같은 문제를 다시 마주했을 때 옳은 답을 선택할 수 있다.

06

당신은
지금도 충분하다

"나 오늘 회사에서 5시간 동안 울었어."

늦은 저녁, 친구에게서 전화가 왔다. 퇴근 후 걷고 있다는 친구의 목소리는 흔들리고 있었다.

"무슨 일 있었어?"
"전에 말한 6년 선배인 남자 선배 있잖아. 오늘 그 선배가 제품을 닦아야 한다고 나보고 걸레를 빨아 오라고 시켰거든. 근데 내가 걸레를 꽉 짜오지 않았 다고 엄청 혼을 내는 거야. 혼날 때는 기가 죽어서 대답을 못 했는데, 그랬더니 이제 대답도 안 하냐면서 장난하냐고 소리 지르잖아. 서러워서 눈물을 못 참겠더라고."

"소리를 질렀다고? 그거 직장 내 폭력 아니야? 그리고 걸레는 자기가 빨지, 왜 너한테 시켜?"

"후배라는 이유로 시키는 거지. 안 하면 개념이 없다고 크게 혼나니까 그냥 빨아다 줬는데, 걸레를 꽉 안 짜왔다는 이유로 혼내더라고. 내가 잘못한 거야?"

"뭐? 미친 거 아니니? 네가 뭘 잘못해. 그건 네가 잘못한 게 아니라, 화를 내려고 트집 잡는 거잖아. 그리고 어떤 이유든 소리까지 지르는 게 말이 돼?"

"맞아. 선배한테 이유는 중요하지 않은 것 같아. 그냥 매일 나를 괴롭혀. 조회시간에 뭐 하나 잘못 말했는데 그걸로 다른 선배들이랑 비웃고, 다른 선배들한테도 내 욕을 많이 해서 나는 직장에서 혼자야."

"너한테만 그러는 거야? 아니면 후배들 전부를 괴롭히는 거야?"

"남자인 동기가 한 명 있는데 걔한테는 잘해줘. 나랑 다른 여자분한테만 그래. 평소에 여성 혐오 발언을 자주 하는데, 내가 여자라서 미워하나 싶기도 해. 내 작은 실수까지 놓치지 않고 잡아내서 크게 뭐라고 하니까 괜히 트집 잡는다는 생각까지 들더라고. 심지어 그 사람이 내 트집을 잡아서 혼내면 다른 남자들은 그걸 보고 좋아해."

"와, 진짜. 그 사람 진짜 치졸하고 나쁜 사람이다. 꼭 때려야 폭력이니? 그게 폭력이지."

"사회생활이라는 게 이런 건가 싶어서 그 선배 비위도 엄청 맞춰주려고 노력하고 욕먹어도 매일 웃고 그랬는데…. 요즘은 내가 첫 단추를 잘못 끼운 것 같다는 생각이 들어."

"매일 억울하게 트집 잡혀서 욕먹고 기분도 별로인데 왜 웃어. 억지로 웃을 필요 없어. 굳이 맞서지 않는 걸로 노력은 충분해. 그리고 네가 노력해야 할 건, 단지 네 일을 더 잘하는 것뿐이야. 그 선배 비위 맞추려는 노력 따위 해봤자 그 사람은 널 더 만만하게 보고 일 외적인 실수로도 더 트집을 잡아서 정신적인 폭력을 행사하겠지. 그 선배에게 그럴 권리를 주지 마. 사람들이 사회생활에서 잘못 생각하는 것 중 하나가 '내가 상사에게 일 외적으로 잘 하면 잘 봐주겠지.' 하는 거야. 중요한 건 '일'을 잘하는 거야. 내가 일만 잘하면 상사는 날 좋게 봐. 나의 다른 행

동이 맘에 안 든다 해도 이렇게 생각하지. '일은 잘
하니까.'"

"정말 일만 잘하면 될까?"

"당연하지. 에휴…. 너 진짜 힘들겠다."

"응. 그 선배가 내 욕을 엄청 하고 다녀…. 나는 항
상 기죽어서 다니고, 점심도 안 먹은 지 꽤 됐어. 매
번 체해서. 차라리 혼자 점심시간 보내는 게 편해.
이런 내가 불쌍하고 한심해."

"나였어도 그랬을 거야. 굳이 불편한 식사를 할
필요는 없잖아? 차라리 혼자 먹거나 안 먹고 말지.
불쌍하고 한심한 게 아니야. 누구라도 힘든 상황이
지. 먹기 싫은데 억지로 눈치 보며 회사 사람들이랑
밥 먹어야 하고, 먹는 속도 맞추느라 빨리 먹어서
매일 소화제를 먹는 것보다 낫지. 몸까지 아프면 더
서럽잖아. 너를 바닥으로 끌고 가지 마."

"당장 내일부터 그 선배를 어떻게 대해야 할지 모
르겠어."

"어렵겠지만, 그 선배를 신경 쓰지 않으려고 노력
해 보는 게 어떨까? 애써 웃지도 말고. 그럴 필요 없
어. 그냥 네 기분대로 해. 기죽지도 말고, 내 할 일

하러 온 사람처럼."

"그 선배의 말들을 이겨내야 하는 거지?"

"이기고 말고 할 게 뭐 있겠어. 그 사람을 신경 안
쓰는 거지. 그리고 공격은 피하려고 해보는 거지. 그
선배가 필요 이상의 말을 하거나 화를 내면 그 공격
을 피한다고 생각해. 화낼 일이 고작 걸레 꽉 안 짜
온 일인 사람의 말을 귀담아들을 필요는 없어. 상처
받을 이유는 더더욱 없고.

가장 중요한 건 너를 탓하지 않는 거야. 자꾸 스
스로를 탓하고 깎아내리다 보면 어느 순간 나는 그
런 사람이 되어 있더라."

"지금 내가 그런 것 같아."

"이 상황은 네 탓이 아니야. 넌 지금도 충분히 잘 해
내고 있어."

"맞아. 이 상황은 내 탓이 아니야. 난 지금도 충분
히 잘 하고 있어."

07

힘내라는 말
대신

"힘내."

내겐 힘내라는 말이 부담이 될 때가 많았다. '나도 힘내고 싶지.'라고 마음으로만 생각했다. 힘을 낼 그 힘조차 나지 않을 때 그 말을 들으면 마음에 무거운 돌이 얹히는 듯했다.

물론 위로해주고 싶은 마음에 '힘내'라고 말한 친구의 마음을 고맙게 생각한다. 하지만 내가 원한 건 이해와 공감이다. 꼭 말이 아니더라도 괜찮다. 침묵 또한 공감의 언어가 될 수 있으니 말이다. 만약 주변에 힘들어하는 친구가 있다면, 그저 친구의 말을 진심으로 들어주는 것이 더 큰 힘이 될 수 있다.

힘든 상황에 처하면 보통 본인을 탓하거나 자존감이 낮아지는 경우가 많은데, 혹시라도 친구가 힘든 상황을 자신의 탓으로 돌리거나 자존감이 떨어져 있다면 "네 탓이 아니야", "넌 충분해"라고 말해주자.

힘든 정도에 따라서 "이직을 고려해보는 건 어때?", "헤어지는 게 맞는 것 같아" 같이 상황의 해결책을 제시해준다거나, "잘될 거야", "힘내" 같은 응원이 도움이 될 수도 있다. 하지만 감정의 밑바닥까지 가라앉아 정말 힘들어하는 친구에겐 이런 말들이 부담스러울 수밖에 없다. 힘들고 지쳐 아무것도 할 수 없는 상황에서는 그런 말들은 뭔가를 하길 강요하는 것처럼 들릴 수 있기 때문이다.

힘들 때 스스로가 갖는 생각 역시 마찬가지다. 힘든 상황일 때 '잘될 거야', '힘내자', '누워만 있지 말고 일어나서 뭐라도 하자'와 같은 생각들은 압박감으로 다가온다. 그럴 땐, '누구라도 힘들 일이야', '내 탓이 아니야', '난 충분해'라고 생각해보자. 나를 위

로하는 방법이 될 뿐 아니라 스스로 아끼고 더욱 사
랑하는 습관이 될 것이다.

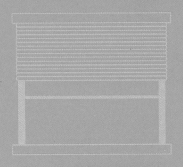

Part 2

오늘을 사는 건
처음이라

인생은 사람들 앞에서
바이올린을 켜면서
바이올린을 배우는 것과 같다.

사무엘 버틀러

01

불안을
이기는 힘

불안은 수시로 우리를 찾아오는 악마와 같은 감정이다. 불안이 찾아오면 우리는 강도를 만난 것처럼 몸이 굳고 안절부절못하게 된다.

불안할 때는 어떻게 해야 할까?

가장 중요한 건 여유를 갖는 일이다. 대수롭지 않은 녀석을 만난 것처럼 여유를 갖고 침착하게 생각해야 한다. '내가 지금 뭘 해야 할까?'를 생각한 다음 생각을 행동으로 옮기는 것이 중요하다.

우리는 불안하면 보통 무엇이라도 하기 위해 움직이려고 한다. 새해가 되면 한 살 더 먹은 불안감에 이력서를 마구잡이로 돌린다든지, 헤어진 연인을 붙잡기 위해 술 먹고 연인의 집 앞으로 찾아간다든지…. 불안이란 녀석은 머리를 마비시켜 제대로 생각하기도 전에 몸을 움직이게 만들지만, 실제로 상황이 나아지는 데 도움을 주진 못한다.

뭘 해야 하는지 알고 움직이는 것과 뭐라도 해야 할 것 같아서 움직이는 것에는 큰 차이가 있다. 무엇을 '하는 것'도 중요하지만, '무엇'을 하느냐가 정말 중요하다. 그 '무엇'을 알기 위해서는 먼저 불안을 똑바로 마주해야 한다. 불안을 마주하지 않으면 불안이 우리를 집어삼키기 때문이다. 불안을 마주하기 두려워 피하는 사이 불안은 점점 더 몸집을 키워 걷잡을 수 없는 상황을 만든다.

그러니 우리는 불안을 직시해야 한다. 불안을 인정하고 지금 내가 할 수 있는 행동을 해야 한다. 가장 중요한 것은 불안해도 된다는 사실을 인정하는 것. 무엇을 해야 하는지 알고 움직이는 것이다. 그것이 바로 불안을 이길 수 있는 힘이다.

누구에게나
우울은 있다

누구에게나 우울은 있다. 나 역시 우울로 고생한 경험이 있다. 보통 2주 이상 우울한 상태가 지속되었을 때 우울장애가 있다고 보는데, 이를 흔히 '우울증'이라고 한다.

몇 년 전, 여러 상황에 대한 스트레스로 잠을 못 이루다가 수면유도제를 처방받으려 동네에 있는 정신의학과를 방문한 적이 있다. 카페처럼 아늑하게 꾸며 놓은 병원이라 집을 오가며 한 번씩 눈길이 갔던 곳이었고, 그 덕에 병원에 간다는 부담이 없었다.

수면유도제는 한 번에 많은 양을 처방받을 수 없기 때문에 일주일에 한 번씩 병원에 방문해야 했다.

세 번째 상담 중에 예상치 못했던 말을 들었다.

"우울증이 맞는 것 같습니다."

사람은 자신의 감정을 모르는 경우가 많다. 당시 의사의 말에 따르면 문제가 있어도 본인이 인지하지 못하는 경우가 많다고 했다. 나의 경우에는 공허함과 무기력함, 불면증이 있었고, 종종 폭식을 했고, 모든 원인을 나로 돌리며 내 탓을 했다. 내가 기억하지 못하는 증상이 더 있을 수 있겠지만, 죽음까지 생각한다거나 하는 위험한 상태는 아니었다.

그날 난 수면유도제와 함께 가벼운 약을 처방받았고, 처음에는 약을 먹지 않았다. 약을 먹지 않은 이유는 '굳이 약까지 먹어야 하나, 난 멀쩡한데' 하는 생각 때문이었다. 그래서 다음 진료에선 수면유도제만 처방받고 싶다고 말했는데, 의사는 지금은 마음이 괜찮더라도 나중엔 더 힘들어질 수 있으니 약을 먹는 편이 좋을 것이라고 했다.

"약을 먹는다고 마음이 치유가 되나요?"

결국, 나는 솔직하게 말해버렸다.

의사는 이렇게 답했다.

"이 약을 먹는다고 상처가 바로 낫는다거나, 새살이 돋는다거나 그런 건 아니에요. 하지만 일종의 밴드 역할을 해줘요. 지금 다이 씨 마음에 난 작은 상처가 혹시 모를 외부의 충격으로 덧나거나 깊어지지 않도록 방어를 해주는 거죠. 밴드의 보호를 받는 동안 상처는 자연치유가 되고요."

나는 집에 돌아오자마자 받아온 약을 물과 함께 삼켰다. 물을 마시며 생각했다.

'이제 나는 안전해.'

인간은 호르몬의 노예다. 외부의 상황으로 인한 자극을 어떻게 느끼고 받아들이냐는 그때 내 몸의 상태에 따라 크게 좌지우지된다. 나름 마인드 컨트롤을 잘 할 수 있다고 생각했다. 긍정적으로 생각하는 노력을 해야겠다고 습관처럼 나를 다독였지만 사실 난 괜찮다고 믿고 싶었던 것 같다.

생각해보면 내가 신도 아니고 애초에 마인드 컨트롤을 할 수 있다는 믿음 자체가 허세였다. 화가 나고 우울한 순간마다 나의 능력으로 세로토닌을 분비시켜서 마음의 안정을 찾는다는 건 초능력자만이 가능한 일이다. 외부의 자극이 없는 조용하고 쉴 수 있는 환경으로 가거나, 스트레스를 받을 때마다 운동을 열심히 한다거나 하는 노력으로 어느 정도 힐링을 할 수도 있겠지만, 매일 일에 치여 사는 현실에서 치유란 거의 불가능에 가깝다. 안 좋은 상황에 처했을 때 스스로를 탓하는 것은 내가 그런 사람이라서가 아니라, 지금 마음이 지치고 힘든 상태이기 때문이다. 그건 전적으로 호르몬의 탓이다. 외부의 상황으로 인한 스트레스를 자신의 탓으로 돌리고 스스로를 공격한다면 마음의 상처만 더 깊어질 뿐이다.

당시에 나는 마음도 치유될 시간이 필요하다는 사실을 까맣게 잊고 있었다. 마음의 상처를 가볍게 여겼던 것 같아 나에게 미안한 마음이 들었다. 최소한 내가 나를 공격하지 못하게 해야 했는데, 타인의 말들과 어쩔 수 없는 상황들에 더 깊이 상처받지 않도록 밴드라도 하나 붙여줬어야 했는데, 나는 나를 제대로 사랑하지 못했던 것이다. 나조차도 나의 좋은 면만 보고 그 모습만 사랑하고 싶었다. 그래서 나도 모르게 나의 나쁘고 아픈 면을 외면하기에 바빴다.

누구나 우울할 때가 있을 것이다. 매일 기분이 좋은 사람은 없다. 사람이 늘 행복할 수는 없다. 가장 중요한 건 불안하고 우울해도 된다는 사실을 받아들이는 것이다. 불안과 우울을 인정하고 마음의 상처를 보호하고, 나의 어두운 면까지 사랑할 수 있어야 한다.

03

슬럼프,
그 이유에 대하여

자신감이 결여된 현상. 심리학에선 학습된 무력감이라고도 하는데, 셀리그만(M. Seligman)과 동료 연구자들이 동물을 대상으로 회피 학습을 통해 공포의 조건 형성을 연구하던 중 발견한 현상이다.

학습된 무력감이란 피할 수 없거나 극복할 수 없는 환경에 반복적으로 노출된 경험으로 인하여 실제 자신의 능력으로 피할 수 있거나 극복할 수 있음에도 불구하고 포기해버리는 것을 말한다.

누구에게나 열심히 노력해도 원하는 결과를 얻지 못하는 시기가 있다. 이력서를 넣는 족족 계속 떨어진다거나 노력을 해도 업무의 성과가 생기지 않는

등등의 상황. 이런 상황에서 우리는 우리의 노력이 아무런 소용이 없다는 사실을 배우게 된다. 그 이후엔 해보기도 전에 못 할 거라 단정하고 포기하는 무기력한 상황에 이르게 되고, 흔히 이 시기를 '슬럼프'라고 말한다.

그렇다면 슬럼프가 오는 이유는 무엇일까?

슬럼프는 사실, 열심히 노력했기 때문에 오는 것이다.

마라톤을 한다고 가정했을 때, 지칠 때까지 뛰어도 도착지가 나오지 않으면 포기하고 싶어진다. 저 멀리 어딘가 도착지가 있다는 걸 알면서도 무력해진 두 다리를 붙잡고 나는 못할 거라며 좌절하게 되는 것이다. 여기서 우리가 기억해야 하는 건 좌절은 두 다리가 후들거릴 정도로 뛴 이후에 온다는 것이다. 슬럼프 역시 마찬가지다. 슬럼프는 우리가 무언가를 위해 전력을 다했다는 증거다.

인생은 단거리 달리기가 아니라 장거리 달리기와 비슷하다. 단거리 달리기는 전력을 다해야 하지만,

장거리 달리기는 체력보다 지구력을 더 요구하므로 페이스를 잘 조절해야 한다. 쉽게 말해 '얼마나 빨리 달릴 수 있느냐'가 아니라 '얼마나 완급 조절을 잘해서 목적지에 도착하느냐'가 중요하다는 말이다.

인생에서도 얼마나 빠른 속도로 가고 있느냐는 중요하지 않다. 지치지 않도록 페이스 조절을 잘해서 결국 목적지에 도착하는 것이 가장 중요하다.

04

슬럼프를
극복하는 방법

우리는 슬럼프가 왔을 때 '이제 그만하라는 하늘의 뜻인가 보다', '나는 안 될 건가 봐' 하고 낙담을 하게 된다. 하지만 슬럼프는 잠시 머무는 상태일 뿐이지 실패한 것이 아니다.

슬럼프는 몸을 쓰는, 육체노동을 반복적으로 할 때 가장 많이 경험하게 된다. 운동이라든지, 성악, 그림 그리기와 같은 체내 습득을 통해 실력을 향상시키는 분야는 계단 모양을 그리며 실력이 늘기 때문이다. 아무리 기를 써도 나아지지 않다가 어느 순간 점프하듯 실력이 오른다는 말이다.

나 역시 그랬다. 슬럼프를 심하게 겪던 때를 떠올

려보면, 음악을 전공한 학부생 시절이었다. 당시 나는 하루에도 몇 번씩 희망과 절망 사이를 오갔다. 음악은 몸으로 하는 일이라 계단을 오르듯 실력이 향상되는데, 아무리 노력해도 몇 개월째 실력이 제자리였던 것이다. 나는 재능이 없다고 절망하면서도 당장 모레가 교수님 레슨이었고, 2주 뒤가 시험이었던 터라 연습을 멈출 수는 없었다.

그렇게 울며 겨자 먹기로 연습을 하던 나에게 교수님은 "너는 아직 계단을 걷는 중이야."라고 말씀하셨다. 높은 계단을 오르기 전에 평평한 곳을 걷고 또 걸으며 힘을 키우는 모습처럼 수평한 구간을 계속 걷는 중이라 '머물러 있는 것'처럼 보일 뿐, 곧 실력이 눈에 띄게 좋아질 것이라는 말이었다.

나는 교수님의 말씀에 희망을 품고 연습에 매진했다. 그리고 시험을 며칠 앞둔 어느 날, 아무리 연습해도 되지 않던 마지막 고음 부분에서 시원하게 소리가 터져 나왔다. 너무나 편안하게 소리가 나자, 노래를 마친 후 나는 한참 동안 감격에 젖어 있었다.

스스로가 대견했다. 해냈다는 사실, 슬럼프에도

포기하지 않고 나를 믿고 버텼다는 사실이 자랑스러웠다. 그렇게 나는 슬럼프를 극복하는 법을 배웠다. 그 일은 나에게 '꿈을 미워하지 않는 방법'을 알려준 경험이기도 했다.

슬럼프는 멈춰있는 시간이 아니다. 기나긴 계단을 앞에 두고 걸어가는 중인 것이다. 조금만 더 걷다 보면 분명 점프하듯 오를 구간이 온다. 여태까지의 노력을 보상할 만한 결과가 이 지루함 끝에 기다리고 있다. 이 사실을 아는 것이 꿈을 믿고 목표를 향해 계속 걸어가는 데 큰 힘이 될 것이다.

만약 너무 깊은 무기력에 빠져 걸을 힘조차 남아 있지 않은 상태라면 현실적으로 시도할 만한 방법이 있다. 일상에서 작은 목표들을 세워 성취해 나가는 것이다. 목표라고 해서 거창한 것이 아니라 '화분에 물 주기, 아침에 건강주스 갈아 마시기, 빨래하기' 같은 일상적인 일들을 목표로 세우는 것이다. 작은 목표지만 해냈다는 성취감이 들면 자연스레 자신감과 의욕을 회복할 수 있다.

그다음엔 '일주일에 2번이라도 헬스장 가기, 영어 공부 30분 하기, 취업 공고 찾아보기' 등 조금씩 더 큰 목표를 세우고 달성해나가는 것이다. 계속해서 성취감을 얻음으로써 자신감을 회복하고 무기력에서 빠져나올 수 있다.

그 이후엔 앞서 말한 것처럼 나에 대한 믿음이 가장 중요하다. 나는 나를 영원히 데리고 살아야 한다. 그 누구도 나를 책임져 주지 않는다. 내 안의 감정은 내가 제일 잘 알기 때문에, 내가 힘든 순간에 타인의 위로보단 자신의 위로가 가장 큰 힘이 된다.

물론 하루아침에 쉽게 되는 일은 아니다. 그래서 평소에도 나를 믿는 습관이 중요하다. 일상에서 작은 것이라도 '할 수 있다'는 말을 스스로에게 해주는 것이다. 자신 없는 운동이나 처음 해보는 요리를 한다든지, 부서를 옮기게 된 상황처럼 '내가 잘할 수 있을까?' 하는 생각이 드는 모든 상황에서 '안 될 것 같은데'가 아닌 '할 수 있다'라고 나에게 말해주는 것이다.

나를 믿는 습관이 나라는 사람을 만든다.

헨리 포드는 스스로에 대한 믿음에 대해 이렇게

말했다.

"할 수 있다고 생각하든 할 수 없다고 생각하든 생각하는 대로 될 것이다."

05

포기해도
괜찮아

'포기'라는 단어를 보면 이 말이 가장 먼저 떠오른다.

'포기는 배추를 셀 때나 쓰는 말이다.'

우리는 포기를 패배와 같은 단어로 쓰곤 한다. 최선을 다하지 않고 중간에 그만두는 걸 힘들다고 도망치는 것과 다름없게 여기지만, 우리가 하는 포기는 어려운 마음을 먹고 하는 것이다. 나는 이런 포기를 현명하다고 말하는데, 노력해도 되지 않는다는 걸 인정하고 놓을 줄 아는 결심이기 때문이다.

의사가 환자에게 더 이상 손쓸 방법이 없을 때, 사랑하는 사람에게 열 번을 고백했다가 열 번 차였을 때, 나에게 재능이 없다는 사실을 깨달았을 때 인정하고 놓을 줄 아는 것. 현명한 포기는 삶의 지혜이자 깨달음이다.

가망이 없음을 알면서도 지금까지 투자한 시간과 에너지, 혹은 돈이 아까워서 놓지 못하는 것은 어리석은 일이다. 우리는 그 어느 순간에라도 포기하지 말라고만 배웠을 뿐 포기해야 할 때와 현실을 인정하는 방법은 배우지 못했다.

우리는 실패로 향하는 기차에서 빨리 내릴 필요가 있다. 리스크가 가장 적을 때 포기할 줄 아는 사람이 최소한의 상처만을 받기 때문이다. 현명한 포기에는 자신의 현재를 냉정히 바라보고 인정하는 용기가 필요하다. 포기할 줄 아는 용기가 있는 사람이 다음 시도를 위한 용기 역시 낼 수 있다.

포기는 배추를 셀 때만 쓰는 말이 아니다. 현재를 인정하는 용기를 낼 줄 아는 사람에게 쓰는 말이기도 하다.

시간의
주인이 되자

지금부터 5분 동안 쉬라는 말을 듣는다면 당신은 무얼 할 것인가. 아마 핸드폰에 손이 가 있지 않을까?

우리는 쉬라고 해도 잘 쉬지 못한다. 지금부터 아무것도 하지 말라는 말을 들으면 어딘가 불편하다. 뭐라도 해야 할 것만 같아서. 왜 그럴까? 그건 아마도 제대로 쉬어본 적이 없기 때문일 것이다.

7년 동안 회사생활을 빠듯하게 한 친구가 있었다. 일이 많은 회사라 야근은 필수였고 주말에도 출근하는 일이 잦았다. 그러던 어느 날, 친구가 갑자기 일을 그만두었다. 회사를 때려치운 것이다.

"꺄! 그만둔다! 퇴근할게요. 영원히! 도비는 자유예요!"

하지만 좋아하던 것도 잠시. 퇴사 후 첫 휴일, 친구에게 걸려온 전화의 첫마디는 "뭘 해야 할지 모르겠어."였다.

황당했다. 쉬고 싶다는 말을 7년 동안 입에 달고 살던 친구였는데 뭘 해야 할지 모르겠다니. 나는 친구에게 그냥 쉬라고 말했다. 그러자 친구는 어떻게 쉬어야 할지 모르겠다고 했다. 그 말은 나의 말문을 막히게 할 정도로 충격적이었다.

친구는 자신이 일을 그렇게 좋아하는 사람도 아니었고 적당히 일하고 적당히 살아가는 사람이었는데, 막상 일을 안 해도 되는 시간이 생기니 다시 일을 해야 할 것만 같다고 말했다. '쉬는 시간'을 못 견디는 것이었다. 처음 당신에게 제안한 '쉬는 시간 5분'처럼.

우리는 쉬는 시간이 생겨도 쉬는 법을 모른다. 제대로 쉬어본 적이 없기 때문이다. 그러나 특별히 쉬는 방법이 있는 것은 아니다. 그저 하고 싶은 것을 하면 된다.

우리는 노동에 너무 익숙해진 나머지 쉼이 주어졌을 때에도 불안한 마음에 일을 찾아서 한다. 학교라는 사회에 들어선 순간부터 경쟁하며 심리적 압박에 시달리기 시작한다. 열심히 공부해서 좋은 대학에 가고, 스펙을 쌓아서 취업하고, 성실하게 야근에 주말 출근까지 해서 승진을 하고, 커리어를 쌓고, 틈을 내어 선까지 보러 다닌다. 남들이 결혼하는 시기에 뒤처지지 않게 결혼하고, 아이를 키우기 위해 갖가지 노력을 한다는 말이다.

여기서 남들이란 엄마 친구 딸, 아들 혹은 대학 동창, 입사 동기 등등. 나와 출발선을 함께 섰던 사람들이다(사실, 생판 남일 뿐이다).

출발을 알리는 신호탄이 울린 순간부터 같은 시간 안에 무언가를 더 많이 하는 자가 승리하는 단순하고도 중독성 있는 게임과 같다. 게임에서 승리하면 나를 행복하게 해줄 어떤 보상이 기다리고 있을 것이란 착각을 하지만, 그런 건 없다.

우리는 내 인생에 하나도 보탬이 없는 사람들보다 무언가를 덜하기가 불안해서 계속 '무엇이라도 해야 한다'는 강박에 시달린다. 불안에 대처하는 잘못된 방법이 몸에 익어 내 시간의 5분조차 오롯이 갖지 못하는 지경에 이른 것이다.

친구는 결국 다시 일터로 돌아갔다. 친구는 자신의 시간을 파는 것에만 익숙했지 사는 데에는 익숙하지가 않았다. 그래서 시간을 가지고도 시간의 주인이 되지 못했다. 시간을 제대로 갖지 못하니 시간을 버리고 있다 느꼈고, 차라리 남에게 파는 게 낫다는 결론을 내리게 된 것이다.

내 시간의 주인이 되는 연습을 해야 한다. 오늘은 5분, 내일은 10분, 모레는 1시간. 그렇게 온전한 내 시간을 갖고 제대로 쉬는 법을 배우다 보면 쉬는 시간이 불편하지 않게 된다. 그리고 더 이상 불안하지 않다.

로버트 그루딘은 "행복은 주로 시간에 대한 태도에 의해 결정된다"고 말했다. '시간을 어떻게 대할 것인가'를 고민하기 전에 먼저 내 시간의 주인이 되어야 한다.

인생은
나의 것이다

"인생은 나의 것이다."

나는 지금도 하고 싶은 일을 하며 여전히 꿈을 꾼다. 많은 사람이 나에게 꿈을 좇기에는 너무 늦은 나이라고 말한다. '안정적인 직장에 다니는 편이 낫지 않아?', '예체능은 다들 힘들다던데 성공할 수 있겠어?' 같은 걱정 어린 말에는 긍정적인 의미보다 부정적인 의미가 더 강하게 담겨 있다.

결국엔 '남들과 다른 그림을 그리며 사는 것이 불안하지 않니?'라는 물음이다. 그 물음에 나는 이렇게 답한다.

"불안할 때가 분명 있지. 그렇지만 불안한 순간까지 늘 행복해."

나는 남들과 다르더라도 나의 그림을 그리는 편이 더 행복하다고 느낀다.

어릴 적 미술시간에 하얀 도화지 위에 뭘 그려야 할지 몰라 옆 친구가 그리는 걸 보고 따라 그렸던 적이 있다. 친구가 파란 물감을 짜면 나도 파란 물감을 짜고, 노란 물감을 칠하면 나도 노란 물감을 칠하면서 내내 불안해했다. '나'의 것이 아니니까. 언제 완성이 되는지도 알 수 없고, 잘 하고 있는지도 모르니 혼란스러웠다.

지금 생각해보면· 친구가 그림을 잘 그리는 것도 아니었는데 왜 그 친구를 따라 했을까 싶지만, 덕분에 '뭘 그리더라도 내가 원하는 것을 그려야겠다'는 깨달음을 얻었다.

진로를 결정할 때에도 사회에서 가치 있게 여겨지거나, 남들이 많이 하는 것에 영향을 받지 않았다. 그중에 나의 그림은 없었기 때문이다.

인생은 나의 것이다. 스스로 그려나가야만 한다.

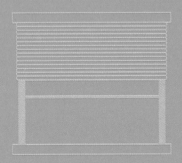

Part 3

나로
살아가는 것

그간 우리에게 가장 큰 피해를 끼친 말은
'지금껏 항상 그렇게 했어'라는 말이다.

그레이스 호퍼

01

나를 함부로 대하는
사람에게

살다 보면 나를 함부로 대하는 사람들을 만나게
된다. 하루에 한 번은 꼭 트집을 잡아서 혼내는 상
사, 나를 무시하는 친구, 나의 치부를 건드리고야 마
는 연인까지. 많은 사람이 잘못임을 인지하지 못한
채 무례하게 행동한다. 그들이 함부로 대하는 이유
는 내가 무엇을 잘못해서가 아니라 나를 약자라고
생각하기 때문이다. 쉽게 말해 만만해 보여서다.

강자에게 약하고 약자에게 강한 사람들에게 상
처를 받은 사람은 보통 또다시 상처 입지 않기 위해
상대의 비위를 맞추면서 미움받지 않으려 노력한
다. 하지만 약한 사람이 더 약한 모습을 보이면 오

히려 더 만만하게 보고 함부로 대한다.

이런 상황에서 벗어나기 위해서는 먼저 '나는 그 사람에게 미움받아도 괜찮다'는 마음을 가져야 한다. 누가 나를 미워하는 건 내가 아닌 그 사람의 의지이기 때문에 내가 어찌할 수 없는 영역이다.

그러니 '왜 나를 미워할까?' 같은 의미 없는 고민을 할 필요가 없다. 세상엔 이유 없이 남을 싫어하는 사람이 생각보다 많다. 이유 없이 나를 미워하는 사람에게서 이유를 찾는다는 건, 답이 없는 문제를 계속 푸는 것처럼 무의미한 일이다. 세상에는 다양한 사람들이 있다는 사실을 알고 '그럴 수도 있다'고 생각하는 게 좋다. '그 사람은 나를 싫어할 수도' 있고, '우린 서로 다를 수도' 있다.

'그럴 수도 있다'는 주문은 꽤 강력해서 누군가 나를 비난했을 때 쓸데없이 기죽지 않을 수 있다. 오히려 "그럴 수도 있죠." 하고 말할 수도 있을 것이다. 이는 거울 효과로, 상대방에게 자신이 방금 한 말에 대해 다시 한번 생각해보게 만들 수 있다. 예를 들어 술자리에서 술을 거절했는데도 불구하고 상대가 술을 계속 권하는 상황이라고 가정해보자.

"아니, 직장생활 하면서 술을 못 마시는 사람이 어디 있어?"라는 말을 들었을 때, "못 마실 수도 있죠."라고 대응해본다. 그러면 상대는 자기가 당연하게 여긴 생각을 다시 곱씹어보게 되는 계기가 될 것이다.

이는 적절한 타이밍에 웃으며 대처할 수 있는 꽤 유용한 방법이다. 소심한 사람의 경우, 차마 말하지 못하더라도 '그럴 수도 있다'고 생각하며 기죽지 않는 연습을 하는 것이 도움이 된다. 가장 애매한 상황은 직장이나 상하관계가 아닌 친한 친구 사이에서 나를 대하는 친구의 태도가 무례하게 느껴질 때다. 내가 기분이 나쁘다는 태도를 취해도 '편해서 그런 거야', '우린 친하니까', '친구끼리 이 정도 농담도 못 하니' 등의 우정을 가장한 합리화의 말들로 포장을 한다. 이럴 땐 정말 화를 내기도 애매하고 웃음도 나오지 않는다.

분명한 사실은 친구의 행동은 장난도 농담도 아니란 것이다. 장난, 농담이라는 말은 양쪽 모두 재밌고 웃을 수 있어야 쓸 수 있는 말이다. 한쪽이 불쾌

하다면 그건 그저 무례한 행동에 불과하다.

편하다는 것 역시, 함께하는 시간 동안 서로가 마음이 편해야 하는데 한쪽은 편해도 다른 한쪽이 불편하다면 그건 불편한 것이다. 나를 함부로 대하는 이유가 '편해서'라면 그건 나에게 무례하게 대하는 게 편하다는 말밖에 되지 않는다.

'친구(親舊)'에서 '친'은 한자로 '가까울 친(親)'을 쓴다. 오랫동안 가까이에 있는 사람이라는 의미다. 오랜 시간 가까운 사람이라면 소중한 사람이니 존중하고 배려하는 게 맞다. 하지만 친한 것과 만만하다는 것을 헷갈리지 않길 바란다. 만약 친구라고 부르는 누군가가 나를 함부로 대한다면, 그 사람이 정말 친구인지 다시 한번 생각해보자.

02

나는
개인주의자입니다

　인간은 사회에 속해 있다. 다시 말해 관계망 안에 존재한다는 말이다. 어릴 때부터 학교라는 공동체 안에서 교육을 받으며 자란 우리에게 사회와 관계에 속하는 건 당연한 일이다. 관계망 안에서 잘 섞이기만 하면 되기 때문이다.

　이미 정해진 규칙과 문화를 받아들이고, 기성인과 비슷하게 생각하고 행동하는 것을 배운다. 그렇다 보니 우리는 '다른' 것을 잘 이해하지 못한다. 행여 다르게 생각하고 다르게 행동하는 사람은 유별난 사람이 되고 관계에 자연스럽게 섞여들지 못하는 것이다. 관계에서 벗어난 개인은 존중받지 못한다. 흔히 말하는 '아웃사이더(아싸)'가 되면 문제가 있는 사람 취급을 받는 것이다.

이렇게 '다른' 것은 '문제'가 된다. 이는 공동체 사회의 특징 중 하나다. 다수의 의견이 중시되다 보니 개인의 개성과 의견이 존중받지 못하는 것이다.

나는 대학 시절 소위 '아싸'였다. 개개인에게 중요한 것이 분명히 있는데 당시 학과장이 '단체 생활'이라는 단어 하나로 자신의 모든 말과 행동을 정당화하는 게 싫었다. 단체 생활을 강조하는 분위기의 대학에서 강요가 싫었던 나는 스스로 벗어나는 것을 선택했다.

학생은 학교 안에서의 규칙을 지켜야 할 의무가 있다. 그러나 그 외 회식이나 과 MT 등에 꼭 참석할 의무는 없다고 생각했다. 조별 과제와 합주는 참여했지만, 목요일마다 왜 술자리를 가져야 하는지, MT를 왜 빠지면 안 되는지 이해되지 않았다.

학과장이 얘기하듯 '합주에서 합을 더 잘 맞추려면 친해져야 한다'는 건 이해했다. 하지만 합을 잘 맞추기 위해선 합주시간을 늘리는 게 더 좋은 방법이 아닌가? 그리고 친해지는 방법이 왜 꼭 술자리여야 하는가? 나는 방법을 바꾸기 위해 의견을 제시했다. 하지만 돌아오는 말은 '누군 좋아서 하는 줄 아느냐, 모든 과가 그렇게 하고, 지금까지 선배들도 그렇게 해왔기 때문에 참는 것'이라는 대답이었다.

이 말은 내 의견에 대한 대안이 아닌 무시에 가까운 답변이었다. 그의 말처럼 싫은 걸 왜 참으면서까지 해야 하는지 받아들일 수 없었던 나는 결국 관계망에서 벗어났다. 이기적인 사람으로 낙인이 찍힌 나는 조별 과제 같은 상황에서조차 의견을 존중받지 못했다. 안타까운 케이스가 되어버린 나를 보며 다른 친구들은 억지로 하기 싫은 일들을 더 열심히 참아냈다.

우리는 모두 남의 눈치를 보기도 하고, 나와 다른 의견은 이해하려고 노력한다. 하지만 스스로가 싫고 옳지 않다고 느끼는 행동을 억지로 할 수는 없는 법이다.

사람은 남보다 나를 더 사랑하기 때문에 나의 행복이 남의 행복보다 중요하다. 여기서 구분되어야 할 것은, 내가 중요한 것과 나만 중요한 것은 다르다는 점이다.

남보다 내가 소중한 것은 이기적인 것이 아니라 개인적인 것이고 당연한 것이다. 내가 소중하므로 타인도 소중한 사람이라는 인식을 가져야 한다. 내가 남에게 피해를 주지 않고 나 역시 피해를 받지 않는 선이 지켜져야 한다. 그 선은 개인이 개인으로서 존재할 수 있게 한다.

개인으로서 존재하는 건 매우 중요하다. 개인으로서 존재할 수 있어야 사회 역시 존재할 수 있다. 개인과 사회는 상호 호환적인 관계이다. 소수라는 이유로 배타하는 건 좋은 사회라 할 수 없다. 존중받는 개인들로 구성되는 사회가 건강한 사회일 것이다.

우리는 개인으로 존재할 자유와 권리가 있다. 나로서, 나답게 존재할 자유와 권리가 있다.

03

존재의
자유

자라면서 배운 보통의 '어른'은 언제나 결혼을 하고 아이를 낳아 가족을 꾸린 모습이었다. 결혼은 했지만 아이는 갖지 않겠다는 부부에게 딩크족이라는 수식어가 붙었다.

수식어는 설명이 필요할 때 쓰인다. 사회는 다른 것을 좋아하지 않아서 다수에 편입되지 못한 것에는 다르다는 표식으로 수식어를 붙여 구분한다. 마치 '여배우', '동성애', '편부모 가정'과 같은 단어들처럼.

아이를 갖지 않는 부부는 평범한 부부가 아니었다. 소수라는 이유로, 다르다는 이유로 부정되는 것은 사회적 인식 때문이었다. 요즘은 아이를 갖지 않는 부부가 많아져서 그러려니 하는 분위기지만, 여전히 은연중에 '결혼을 하면 아이를 낳는다' 공식이 자리하고 있다.

지인 중에 아이를 갖지 않는 부부가 있다. 어느 날엔가 대화를 나누던 중에 언니가 나름의 고충을 털어놓았다. 다른 사람들과 함께하는 자리에서 언니 부부에게 자꾸 당연하게 자녀 계획을 묻는다는 것이었다.

아이를 가질 계획이 없다고 말하면 사람들은 어디 문제가 있다고 생각하거나 가끔 실제로도 그렇게 묻기도 하지만, 대부분은 "왜요?"라고 묻는다고 했다. '우리 부부가 자녀 계획이 없는 것이 설명이 필요한 일인가?' 언니는 왜곡된 질문에 이렇게 답했다고 한다.

"아이를 가지려고 결혼을 한 게 아니에요. 저희는 서로 사랑해서 결혼을 했고 아이에게 나눌 사랑을 서로에게 나누고 싶어요."

자녀 계획이 있는 부부에겐 이유를 묻지 않는다. 아이를 갖는 것은 다수가 하는 일이기 때문이다. 출산은 결혼과 별개이며, 각각의 자유다. 시대가 바뀌었고 사람들의 인식도 많이 달라졌지만, 여전히 많은 사람이 '결혼을 하면' 아이를 가져야 한다고 생각한다.

아이를 갖지 않는 부부에게 저런 의도로 이유를 묻지 않기를 바라지만, 그게 어렵다면 최소한 상식 밖의 질문까진 하지 않도록 주의해야 한다.

심지어 "부모님 생각은 안 하세요?"라며 오지랖을 부리는 사람과 "그래도 노후를 대비해 자식은 하나 있어야죠."라며 마치 자식을 노후 대비책으로 표현하며 자신의 생각을 강요하는 사람도 있다.

출산뿐만 아니라 결혼, 연애, 직업 등 여러 카테고리 안에서 '평범'이란 단어와 어울리지 않는 모든 경우가 마찬가지다. 중요한 것은 어떤 모습으로 존재할지는 자신이 결정할 문제라는 것이다.

우리는 어떤 모습으로든 존재할 자유와 권리가 있다.

04

인생은 내 '멋'대로 사는 거야

한때 '차트 사재기'에 대한 논란이 있었다. 내가 주로 사용하는 앱은 내가 좋아할 만한 작품을 추천해주는 알고리즘이다 보니 차트를 볼 일이 거의 없어서 개인적으로는 이 논란이 심각하게 와닿지 않았다. 그런데 한동안 떠들썩한 분위기를 보며 '차트'가 사람들에게 미치는 영향이 크다는 사실을 알게 되었다.

작품성을 떠나서 단지 클릭 수로 순위가 높아지고, 순위가 높다는 이유로 더 많은 사람들이 쏠리는 현상은 많은 문제점을 안고 있다.

작품성보다 단지 순위가 중요해지는 것이 가장

큰 문제인데, 안타까운 것은 그로 인해 창작자들이 좋은 작품을 만들기 위해 쏟은 노력 자체가 무의미해진다는 것이다. 가령 똑같은 예산과 에너지로 작품을 만든다고 가정했을 때, 처음부터 순위권에만 들 목적으로 작품성이 아닌 마케팅에만 투자한 작품은 인기를 끌 가능성이 높다. 이런 결과는 좋은 작품을 만드는 데 더 큰 열정을 쏟는 창작자에게는 불공평한 일일 것이다. '좋은 작품은 결국 모두가 알아본다'는 희망고문과도 같은 말에 기대기에는 작품성에 비중을 둔 창작자들은 결국 도태될 확률이 높다.

점점 더 겉으로 보여지는 것만 중요해지고 겉치레만 늘어가는 사회에서 진정성을 알아보기 위해 노력하는 건 피로한 일이 되었다. 이러한 현상이 유독 도드라지는 SNS를 예로 들어보자. 남의 일상을 쉽게 엿볼 수 있기 때문에 결국 '보여지는 것'이 가장 중요해지고, 더 '잘 보여지기' 위해 남들이 좋다고 하는 것을 따라 한다. 음식, 옷, 카페, 식당, 생필품까지 사람들은 요즘 핫하다거나 남들이 많이 쓴다는 이유로 '좋아요'가 많은 게시물을 따라 사고, 따라 한다.

내가 좋아서가 아닌 남이 좋다고 해서 소비하는 문화가 다수에 속하고 싶은 군중심리를 더욱 부추긴다. 이런 현상의 기저에는 남들이 좋다고 하는 것이 진짜 좋은 것인지 가려보고, 나의 취향인지 생각해보는 시간의 결핍이 있다. '이 영화 천만 명이 봤다던데?', 'SNS에서 여기 맛있다던데?' 허점을 파고드는 마케팅의 상술에 속아 어쩌면 우리는 가짜를 좇고 있는 걸지도 모른다.

누구나 한 번쯤 맛집이라고 해서 찾아갔다가 사악한 웨이팅에 아까운 시간을 버리고, 맛없는 음식에 터무니없이 비싼 돈을 낭비해본 경험이 있지 않은가. 단순히 '사진 찍었으니까', '남들 다 먹어봤다는데 나도 먹어봤으니까', '나도 업로드할 수 있으니까' 하고 만족하는 감정이 과연 진짜일까?

깊이 고민해보아야 한다. 걱정스러운 것은 이런 생각과 행동이 나의 취향, 나의 멋을 어지럽힌다는 것이다. 내가 어떤 사람이었는지를 잊게 되고, 결국 나를 잃어버리게 된다.

나는 무엇을 좋아하고 무엇을 싫어하는 사람인지, 어떤 취향인지 이왕이면 정확히 알고 있는 편이 좋다. 그것은 나의 멋이고, 멋은 곧 내가 추구하는 방향이기 때문이다.

나의 방향을 스스로 알고 있으면 인생을 살아감에 있어서 중요한 선택의 순간이 왔을 때 보다 나다운 선택을 할 수 있다. 방향을 잃으면 중요한 선택 앞에서도 남들이 많이 하는 선택을 하게 될 것이다. 그런 선택은 시간이 흐른 뒤 후회하게 될 확률이 높다. 마치 실패한 맛집처럼.

인생이 항해라면 우리의 선택은 노를 젓는 것과 같아서 어느 방향으로 노를 젓느냐에 따라 목적지가 확연히 달라진다. 남들이 오른쪽으로 노를 저어서 나도 한번 오른쪽으로 노를 저어봤을 뿐인데, 시간이 흘러 앞으로 나아갈수록 내가 원하는 목적지와 전혀 다른 곳을 향해 가고 있다는 것을 깨닫게 될 것이다. 내 의지가 아닌 선택들은 나를 전혀 다른 곳으로 데려간다.

깨달음은 언제나 너무 늦다. 너무 멀리 와버린 후에는 그제서야 다시 왼쪽으로 노를 젓는다고 해도

내가 원하는 곳으로 돌아갈 수 없다. 완전히 길을 잃어버린 것이다.

우리는 기억해야 한다. 나의 방향과 나의 취향을, 그리고 나의 멋을.

그래야 내 '멋'대로 살 수 있다.

05

혼자라서
행복해요

2020년, 세상에 퍼진 바이러스는 우리의 일상을 바꾸었다. 너무도 급작스러웠지만 그래서 또 당연하다는 듯이 언택트 사회로 전환되며 혼자가 익숙해졌다. 몇 년 전만 해도 혼자 하는 일에는 '혼밥, 혼영, 혼술'처럼 혼자라는 수식어가 붙었는데, 요즘엔 무슨 일이든 혼자 해도 상관이 없다. 혼자 하는 행위에 대한 경계와 범위가 아예 허물어진 것이다. 어떤 일이든 같이 할 수도, 혼자 할 수도 있다. 되려 혼자 하는 게 편하고 익숙한 일이 많아졌다.

몇 년 전만 해도 내가 혼자 무얼 한다고 하면 사람들이 묻곤 했다.

"왜 여행을 혼자 가?"

"왜 술을 혼자 마셔?"

"왜 너는 혼자 하는 걸 좋아해?"

'왜?'가 강조된 질문에는 '혼자보단 둘이나 여럿이 편하지 않아?'라는 의미가 담겨 있었다. 답이 정해진 불편한 질문에 나는 매번 당연하다는 듯 답했다.

"저는 혼자가 좋아요."

아직도 몇몇 사람들은 혼자인 사람들에게 묻는다.

"아직 혼자야?"

"그래도 결혼은 해야지."

"자식은 있어야 하지 않겠어?"

자신이 정해둔 답에 물음표만 붙은 무례한 질문에 나는 여전히 태연하게 답을 하고 있다.

"저는 혼자가 좋아서요."

나이 먹으면 생각이 바뀔 거라는 둥 선을 넘는 대답이 종종 돌아오지만, 생각은 바뀔 수도 바뀌지 않을 수도 있을 것이다. 중요한 것은 지금이나 나중이나 나를 위해서, 내가 원해서 내리는 결정일 거라는 사실이다.

나의 소중한 가족과 친구들을 사랑하고 그들과 함께하는 시간도 물론 행복하지만, 나는 나를 가장 사랑한다. 혼자 무언가를 즐기는 것이 좋은 사람은 '혼자서도' 행복할 수 있는 사람이지 '혼자'여야, '둘'이어야 행복할 수 있는 사람이 아니다. 자신이 혼자 행복할 수 없다고 해서, 혼자서 행복한 사람들을 이해하지 못한다고 해서 편협한 시각으로 그들을 무시하는 행동을 해선 안 된다.

이해는 필수가 아니다. 서로를 이해할 수 있다면 좋겠지만, 그렇지 않다고 슬퍼할 필요가 없다는 말이다. 타인을 이해하지 못해도, 타인에게 이해받지 못해도 괜찮다.

혼자로서 행복하면 그만이다.

나는 혼자라서 행복하다.

06

결혼에
대하여

주위에서 하나둘씩 결혼을 하다 보니 또래 친구들과 만나면 대화의 주제가 '결혼'이 되는 경우가 많아졌다. 사랑의 끝은 '결혼' 혹은 '헤어짐' 둘 중 하나라고 생각했던 때가 있었다.

5년 전, 연애의 끝은 결국 이별이라는 사실을 마주하고 더 이상의 연애는 의미가 없다고 생각한 친구는 부모님의 성화로 사랑보다는 조건을 보고 결혼을 했고, 1년 뒤 이혼을 했다. 이혼 후에 친구는 나에게 '사랑 없는 결혼은 지옥'이라고 말했다. 또 다른 지인 중에는 비즈니스로 결혼을 한 언니도 있는데, 남편을 사랑한 적은 한 번도 없지만, 사랑을 바란 적도 없기 때문에 살 만하다고 말했다. '결혼을 위한 결혼', '결혼은 제도일 뿐이다' 같은 말을 입버릇처럼 내뱉던 언니였으니 언니에게 맞는 현실적인 결혼이란 생각도 들었다.

'결혼은 현실인가? 사랑인가?'

이런 궁금증이 들기 시작한 건 결혼한 지인들의 얘기를 자주 접하면서부터였다. 얘기를 듣다 보면 '이럴 거면 결혼을 왜 하지?'라는 생각이 드는 경우가 태반이었지만, 누군가는 최선이라 믿었던 선택이었으니 후회가 없다고 했다. 이혼을 하고 더 잘 사는 사람을 보면 결혼은 단지 수많은 일 중 하나일 뿐이라는 생각도 들었다.

기억에 남는 좋은 케이스는 오랜 연애의 권태기를 극복하기 위해 결혼을 선택하고, 결혼을 통해 제2의 사랑을 시작한 부부였다. 또 다른 지인은 결혼에 대해 '더 많은 것들을 공유할 수 있는 연애의 또 다른 이름'이라고 표현하기도 했다.

가장 놀라웠던 이야기는 친구의 부모님이 환갑이 넘어서 황혼 이혼을 하셨는데, 이혼 후에 다시 서로

를 원하는 불같은 사랑이 시작돼서 최근에 다시 재혼을 하셨다는 이야기였다. '남의 부모님 이혼 이야기를 이렇게 유쾌하게 들을 줄이야.' 했더랬다.

'결혼은 현실인가? 사랑인가?'

나는 여전히 궁금하다. 현실인 동시에 사랑일 수 있다면 더할 나위 없겠지만 현실적으로 그건 너무 어려운 일이다. 현실적인 상황 혹은 사랑 앞에서 우리는 결혼을 선택하게 된다.

결혼은 사회에서 법적으로 보호를 받고, 제도 안에서 가족으로 인정받는 약속이므로 신중해야 한다. 그보다 앞서 '과연 내가 이 사람과 평생을 함께할 수 있을지'에 대한 고민이 필수적이다.

누군가와 함께하겠다는 결심부터, 함께 가야 할 길을 어떤 보폭으로 걸을 것인지 그리고 갈림길을 마주했을 때 어느 쪽으로 갈 것인지까지 모든 결정은 나를 위한 것이어야 한다. 그리고 그 선택을 사랑해야 한다.

07

그렇게
꼰대가 된다

회사에서 회의가 끝난 후, 차장님이 나에게 여름 휴가 계획을 물었다.

"휴가 계획 있어요?"
"네, 친구들이랑 여행 가기로 했어요."

단순히 부하직원의 휴가 계획이 궁금할 수도 있으므로 나는 친절하게 대답했다. 문제는 거기서부터였다.

"여자 친구들끼리 가는 건가?"

저의가 궁금해지는 질문이었고, 나는 질문을 어떻게 받아들여야 하나 고민하다가 '네' 하고 짧게 답했다.

"친구들은 예쁜가? 그럼 나도 같이 가요."

나는 너무 황당해서 말문이 막혀 곧바로 대답할 수가 없었다. 아무리 장난이라고 해도 용납할 수 없는 범위의 질문이었고, '회사 생활을 하려면 이런 것까지 웃어넘겨야 하나'라는 생각마저 들었다.

당시엔 이런 일을 문제 삼으면 나만 이상한 사람이 되는 분위기였다. 지금은 아무리 인식이 많이 바뀌었다고 해도 문제가 문제임을 인식하지 못하는, 이른바 꼰대들이 많다. 그들은 자신이 꼰대라는 걸 모른다. 지금 생각해보면 몇 년 전 나의 손쉬웠던 침묵이 그들의 잘못된 언행에 힘을 실어주었던 건 아닌지 후배들에게 미안한 마음이다.

나는 이제 불편함을 참지 않는다. 그들이 그저 장난거리로 치부하는 생각 없는 말들은, 특히나 윗사람이 아랫사람에게 내뱉는 의미 없는 말은 폭력에 가깝다.

그럼에도 불구하고 윗사람에게 불편함을 이야기하는 사람은 거의 없다. 솔직하게 말하는 게 어렵기 때문에 사람들은 쉬운 거짓말을 택하는 것이다. 그런 쉬운 선택들이 쌓여서 그들에게 잘못된 권리를 쥐여주고, 그렇게 그들은 꼰대가 된다. '라떼는 말이야'나 '여자는 이래야지'라는 식의 틀에 박힌 사고방식은 전제부터가 잘못되어서 틀린 지점을 일일이 짚어내기도 어렵다.

우리의 태도가 그들의 태도를 만든 것이고,
그들의 태도는 결과적으로 우리에게 악영향을 미친다.
우리가 달라져야 그들도 달라진다.

틀린 걸 틀렸다고 말하는 것이 어렵다면, 우선 잘못된 질문에 진실된 대답을 해보자.

"그런 말씀은 좀 불편하네요."

우리의 어려운 선택이 그들을 바꿀 수 있다.

우리는 더 이상 꼰대를 만들지 않아야 한다.

08

°°°°°°°

나를 아는
습관

　몇 해 전, 외국인 친구가 한국에 놀러 왔을 때의 일이었다. 금요일 밤에 번화가에서 만난 우리는 거리를 가득 메운 인파 사이로 천천히 걸었다.

　나는 이 상황을 놀라워하는 친구에게 '불금'에 대해 얘기해주었다. 특정 요일에 불태우듯 노는 문화라는 설명에 친구는 굉장히 신기해했다. 나는 모두가 금요일에 노는 건 아니지만, 열심히 일한 만큼 주말이 소중하기에 열렬하게 즐기려는 것 같다고 덧붙였다.

　그리고 속으로는 '불금'이라는 단어를 계속 곱씹었다. 생각해보니 언제부터인가 불금이라는 부담감에 습관처럼 약속을 잡았던 것 같았다. 금요일에 안 나가면 나만 약속이 없는 것 같고, 왠지 금요일이 아깝게 느껴져서 떠밀리듯 밖으로 나간 적이 종종 있었기 때문이었다.

친구와 대화를 나누며 또 다른 신선한 충격을 받았다. 친구가 말하길 한국 사람들은 자꾸 '난 다 좋다'고 말한다는 것이었다.

'어디 갈래?' '난 다 좋아.', '뭐 먹고 싶어?' '난 다 좋아.'

한국 사람들이 배려하는 마음에서 그러는 것은 알겠는데, 너무 남의 눈치를 보는 게 아니냐는 외국인 친구의 질문에 머리가 따끔거렸다.

정말 나보다 남이 우선일까? 결론부터 말하자면 아니다. 메뉴를 정할 때도 내가 먹고 싶은 음식이 있고, 먹기 싫은 음식이 있다. 하지만 보통은 속으로만 생각하고 '이거 먹자!'라고 잘 말하지 않는다. 왜 그럴까? 우리는 의견을 내는 것 자체에 거부감을 가지고 있고, 타인의 말을 수용하는 걸 배려이자 미덕이라 생각하기 때문이다. 심지어 '가만히 있으면 중간이라도 간다'는 속담도 있다.

초등학교 수업시간에도 손을 들고 발표하는 것을 부끄러워했다. 분명 머리로는 발표가 부끄러운 행동이 아니라는 걸 알면서도, 다른 친구들의 시선과 평가가 두려워 나도 모르는 사이 발표는 부끄러운 것이라고 학습했다. 느낌은 경험이기 때문에 평생 몸에 새겨진다.

한국 사람이라면 대부분 비슷한 경험을 했을 것이고, 이런 경험 때문에 자기주장을 입 밖으로 내뱉는 것이 용기가 필요한 일이 된 것이다.

그렇다 보니 원하는 것이 있어도 말하지 않다가 누군가가 의견을 제시했을 때 '그건 아니었으면 좋겠어'라는 식으로 간접적으로 주장하게 된다. 예를 들면 이런 상황이다.

A: 뭐 먹을래?

B: 난 다 좋아. 넌?

A: 떡볶이 어때?

B: 나 매운 거 못 먹는데 매운 것만 아니면 난 다 좋아.

처음부터 매운 음식은 잘 못 먹는다고 얘기했다면 서로 편했을 것이다. B처럼 속으로 생각만 하다가 간접적으로 제시하면 의견을 맞추기도 쉽지 않을뿐더러 무척이나 피곤해진다.

상대방이 어떻게 생각할지 걱정되고, 거절당하면 어쩌나 두렵기 때문에 우리는 주장을 자꾸만 숨긴다. 하지만 이게 습관이 되면 무엇을 하고 싶고, 무엇을 먹고 싶은지조차 무뎌지게 된다. 원하는 바가 사라져 결국엔 정말로 아무거나 먹어도 상관없는 사람이 되어버리는 것이다.

삶 역시 마찬가지다. 눈치 보는 것도 습관이라 남 눈치를 보며 사는 사람은 그게 몸에 배어서 남이 어떻게 생각할지를 먼저 생각하고 그에 맞춰서 행동한다. 그건 과연 진짜 나일까? 그렇게 살아낸 하루는 누구를 위해 산 하루일까? 남 눈치를 보며 사는 인생은 나를 위한 삶일까?

20대 중반까지만 해도 나는 '남들은 내 인생을 어떻게 평가할까?', '어떤 타이틀을 붙여줄까?'에 포커스를 맞추고 하루를 살았다. 내가 원하는 삶이 무엇인지는 잃어버린 것이다. 그러면서 내 인생조차 제3자의 시선이 먼저라는 사실을 느낄 때마다 자기혐오에 빠지기도 했다.

이런 상반된 생각들로 괴리감을 느끼며 스스로가 이중적이라 느껴졌다. 내가 없는 나의 인생이 가짜 같다는 생각이 들었다. 그제야 나는 남의 시선을 신경 쓰고 남 눈치 보는 것을 그만두기로 했다.

내 인생에서 내가 어떤 모습으로 존재하고 있는지, 우리는 세심하게 관찰할 필요가 있다.

마음에 귀를 기울이고 진짜 내가 원하는 것이 무엇인지를 찾아야 한다. 나를 위해 나의 인생을 살아야 한다.

Part 4

인생은
사랑이야

인생에 있어서 최고의 행복은
우리가 사랑받고 있음을
확신하는 것이다.

빅토르 위고

01

운명을
믿어요

　나는 지독한 운명론자다. 세상엔 피할 수 없는 일
들이 존재한다고 믿는데, 사랑 역시 그중 하나다.

　스무 살 때까지 나는 사랑을 믿지 않았다. 스스로
를 너무 사랑해서였는지 타인을 사랑하는 감정을
등한시했다. 그런 내가 처음 사랑에 빠진 순간은 몹
시 오묘했다. 밸런타인데이에 약속이 취소되었고, 아
는 언니의 부탁으로 일을 도와주러 가게 되었으며
잘못 들어간 사무실에서 그 사람을 만났던 것이다.

　그 뒤틀린 시간과 공간이 아니었다면 서로 접점
이 없는 그 사람을 평생 마주치지 못했을 것이다.
평소였으면 일어나지 않았을 우연히 겹친 묘한 인

연에 나는 걷잡을 수 없이 빨려 들어갔고, 단박에
알 수 있었다.

'아, 이게 사랑이구나.'

나는 운명처럼 사랑에 빠졌다. 그날 이후로 내가
운명론자가 된 것은 자연스러운 일이었다. '이끌림'
이란 단어를 온몸으로 느끼며 나를 그 사람에게 던
졌다. '우리가 사랑하지 않을 수 있었을까?'를 줄곧
상상했지만 도무지 그려지지 않았다.

우리는 어떻게든 사랑하게 되었을 것이다. 이 굳
은 믿음은 관계를 더욱 단단하게 만들었다. 그렇게
우리는 낭만의 유토피아에서 우리만의 세계를 구축
해 나갔다.

사랑하는 동안 일어나는 모든 일들은 운명의 흐
름 같았다. 사소한 다툼부터 이별까지도 그랬다. '우
리가 왜 헤어져야 하지?'라는 질문의 대답은 쉬웠
다. 헤어질 때가 되었다는 걸 직감적으로 알 수 있
었기 때문이다.

그 느낌은 사랑에 빠졌을 때와 비슷했다. 우주 어
딘가에서 나에게 강한 텔레파시를 보내는 듯한 느

낌. 어떤 언어도 아니었으나, 의미를 모를 수 없는
절대적인 메시지였다.

'아, 여기가 사랑의 끝이구나.'

사랑에 빠진 것도 운명이었지만, 헤어짐도 운명이
었다. 운명을 받아들이는 것은 어렵지 않았다. 다만,
이별 후가 문제였다. 받아들인다고 해서 아프지 않
은 건 아니었으니까.

우리가 구축해온 세상이 무너졌고, 우리에서 다
시 혼자가 되었으니 공허함은 이루 말할 수 없었다.
가슴이 찢어지게 아프고, 아무리 상실감에 허덕여
도 달라지는 건 없었다.

그렇게 될 일은 그렇게 되는 것이다. 이 또한 운
명이다.

다행인 건 운명에는 패턴이 있어서 나를 또 다른
사랑의 맨 앞줄로 데려다 놓는다.

나는 또다시 가슴이 뛴다. 긴 시간 동안 스쳐 지
나간 사람이 많다 해도, 운명 같은 사랑은 다르다.
'아, 이 사람이구나' 하는 직감. 신기하게도 직감은

늘 기가 막히게 들어맞는다. 그렇게 운명의 신호탄
이 울리면 곧 사랑에 빠지게 될 거라는 사실을 인지
함과 동시에 가슴이 뛴다.

이래서 운명을 믿는 것이다.

걸어오는 그 사람의 모습이 마치 슬로우모션처
럼 보이고 머리 위로는 종이 울리는 것처럼, 운명은
지금 내 앞에 있는 사람이 사랑이라는 걸 알 수밖에
없게 만들기 때문에, 굳이 이 사랑을 거부할 이유가
없다.

02

사랑의
탐구

사랑을 모를 때의 일이었다. 정확히 말하자면, 사랑이란 감정을 믿지 않을 때의 일이었다. 나는 자주 "사랑이 어디 있어? 보여줘."라고 말하곤 했다. 사람이 사람을 온전히 사랑하고 사랑받는 법을 몰랐다. 사랑을 하면서도 '이게 사랑일까?', '우리는 사랑일까?'와 같은 좋게 말하면 탐구, 나쁘게 말하면 의심을 끊임없이 했던 시기였다. 당연히 힘들었다. 직접 느껴야 알 수 있는 것들을 머리로 이해하고 싶어 하니 어려울 수밖에 없었다.

사랑을 탐구하게 된 계기는 나의 초점이 '누군가를 사랑하는 행위'에서 '누군가'가 아니라 '사랑하는'에 맞춰져 있다는 것을 느꼈을 때였다. 주변 사람들은 외로움을 많이 타서 그렇다고 얘기했지만, 내가 느낀 바로는 외로움과 전혀 상관없는 일이었다.

인간은 사회적 동물이다. 이 말은 곧 인간은 타인의 피드백 안에서 존재한다는 얘기다. 그렇기에 인간은 자신의 결핍을 보완해줄 꼭맞는 누군가를 찾고, 구애 끝에 사랑의 동맹을 맺는다.

끝없이 서로의 아름다움을 탐구하고 사랑을 말하지만, 이는 일정 기간이 지나면 시들해진다. 사랑의 감정은 영원하지 않다. 하지만 우리는 상대를 사랑하기 위해 노력한다. 사랑의 동맹을 깨고 싶지 않기 때문이다.

이미 여러 번의 경험으로 우리는 사랑의 동맹을 찾는 것이 어렵다는 사실을 알고 있다. 새로운 동맹을 찾는 것도 일이지만, 찾는다 한들 지금과 크게 다르지 않을 거라는 것을 안다. 내가 달라지지 않는 이상 내가 원하는 사람의 유형은 비슷할 것이기 때문이다.

새로운 사랑을 하고 싶다면 나의 결핍을 스스로

보완해야 한다. 새로운 나라는 존재가 되어서야 새로운 사람을 원하게 될 것이고, 그 사람과 사랑의 동맹을 맺었을 때 다른 패턴의 사랑을 할 수 있다. 그렇게 조금씩 더 완전한 내가 되고, 안정적인 사랑의 동맹을 찾게 되는 것이다. 이는 본능처럼, 이별을 하고 아파하다가도 시간이 흐르면 아픔을 잊고 다시 사랑을 찾게 된다. 결국 인간은 존재하기 위해 사랑하는 행위를 지속하고 싶은 것이다.

 사랑하기 위해 누군가를 필요로 하는 것. 어찌 보면 사랑을 사랑하게 되는 것과 같다. 내가 경험한 사랑 중 다수는 사랑을 사랑한 경우가 많았다. 서로 사랑을 주고받으며 우리라는 이름으로 사랑을 했지만, 거기에서 오는 안정감이 좋았고, 사랑이란 감정 자체를 사랑한 시간이 더 길었다.

 감정의 끌림으로 사람을 사랑한 경우도 있었다. 그때 난 이 사랑이 많은 이들이 말하던 사랑의 유형이란 걸 알게 되었다. 경험상 끌림만으로 시작된 사랑은 그리 안정적이지 못했다. 나의 결핍을 그 사람이 채워주지 못했고, 나를 더 휘청거리게 하는 경우가 많았으며, 사랑의 유효기간이 끝나면 서로에게 상처를 주기 일쑤였다.

이 역시 사랑의 다른 패턴일 뿐이다. 사랑에는 여러 유형이 있다. 단지 우리에게 중요한 일은 계속해서 사랑을 탐구하는 일이다.

03

헷갈리게 하는 건
사랑이 아니다

어느 날, 친구가 연애 고민이 있다며 조언을 구했다. 이야기를 들어보니 친구의 고민은 지금 만나고 있는 사람과 도무지 무슨 사이인지 모르겠다는 것이었다. 흔히 말하는 썸인지, 연애인지, 그 사람이 자신을 좋아하는 게 맞는지도 헷갈린다고 말했다.

"머릿속이 복잡하겠네."

나는 친구에게 심심한 위로의 말을 건넸다. 그리고 정 헷갈리면 상대에게 직접 무슨 사이인지 물어보라고 했다.

'헷갈리게 하는 건 사랑이 아니야.'

정작 하고 싶었던 말은 속으로 삼켰다. 숨기고 싶어도 숨길 수 없는 것이 사랑이다. 사랑이라면 그 사람은 친구에게 마음을 숨길 수 없었을 것이다. 그 사람 얘기를 하는 친구의 모습을 보고, 친구의 마음이 다칠까 봐 내가 차마 말하지 못했던 것처럼.

04

나를 사랑한다니
유감입니다

  사랑에 실패는 없다고 생각하지만, 그렇다고 상
처가 없는 것은 아니다. 나는 사랑에 두 번 상처받
았다. 한 번은 나를 사랑한다고 믿었던 사람이 나를
사랑하지 않는다는 사실을 알았을 때, 다른 한 번은
내가 사랑한다고 믿었던 사람이 '너는 나를 사랑하
는 게 아니야'라고 말했을 때였다.

  전자는 인정할 수밖에 없었지만 후자는 인정할
수가 없었다. 인정할 수밖에 없는 것과 인정할 수
없는 것의 상처는 크게 달랐다. 어쨌든 받아들이는
것은 치유의 여지가 있었으나 도저히 받아들일 수
없는 것은 좀처럼 쉽게 낫지 않았다.

상처는 치료하지 않으면 계속 덧난다. 계속 덧나는 상처를 보며 생각했다. 왜일까. 왜 나에게 사랑이었던 것이 그에겐 사랑이 아니었을까. 처음에는 사랑이 아니라는 그의 말이 사랑이 없다는, 사랑의 유무를 의미한다고 생각했다. 하지만 생각을 거듭할수록 그렇다면 "너는 나를 사랑하지 않아"라고 해야 맞는데 왜 사랑하는 게 아니라며 사랑을 부정했을까.

한참을 생각한 끝에 그가 말한 '아니다'는 있고 없고가 아니라 맞고 틀리고의 의미였다는 사실을 깨달았다. 그는 나에게 너의 사랑은 틀렸다는 말을 하고 싶었던 것이다.

한참을 파고들어서야 그 말의 의미를 알아냈지만, 상처는 건드리면 건드릴수록 깊어질 뿐이었다.

'네 사랑은 틀렸어.'

그 말은 단순히 우리 관계에서 내가 그를 사랑했던 감정과 시간에 대한 것을 넘어서, 나라는 사람이 한평생 가졌던 사랑이라는 감정과 그 시간에 대한 것이었다. 그 사실을 알아버린 나는 온 삶이 통째로 뒤틀리는 고통을 느꼈다.

나는 그를 '무엇'한 걸까.

이 질문이 지독한 바이러스처럼 내 안에서 끊임없이 퍼져나갔다.

내가 지금까지 사랑이라 믿었던 감정들과 시간들은 과연 무엇이었을까. 해답을 찾아야 했다. 그래야 내가 살 것 같았기 때문에. 당장이라도 그를 찾아가 어느 순간들이 모여 그렇게 생각하게 된 것이냐고 묻고 따지고 싶었다.

어쩌면 끝까지 파고들어야만 직성이 풀리는 나의 오기 때문이었을까? 나만 생각하는 이기적인 감정이라서? 거리를 두지만 소유하고 싶다고 말했던 그 순간 때문에? 그렇다면 그는? 그는 나를 정말 사랑한 걸까?

수많은 물음표가 머릿속을 가득 채웠지만 나는 그가 아니니 답을 찾을 수는 없었다. 긴 시간 독한 감기를 앓은 것 같았다.

아픈 뒤에 내가 깨달은 것은 그의 사랑과 나의 사랑이 다른 모양을 하고 있었다는 것이다.

다른 종류로 만든 생소한 사랑.

마치 화성에서 온 남자와 금성에서 온 여자가 서로 다른 사랑의 방식을 공유하길 바랐던 것처럼, 우리의 사랑은 섞일 수 없는 것이었다. 우리는 처음 보는 사랑의 개념을 받아들이지 못했다. 물론 서로의 사랑을 이해할 수도 있었겠지만, 이해에 도달하기까지의 힘듦을 먼저 떠올리는 난 이미 진부한 시행착오를 꽤 많이 경험한 사람이었다.

나는 그 사실을 그저 받아들이기로 했다. 이제 나는 사랑의 다양성을 인정한다. 하지만 다른 종류의 사랑을 가져와 나를 사랑한다는 사람이 나타난다면 이렇게 말할 것이다.

이게 당신의 사랑이군요. 나는 이것을 줄 수 없어요. 나를 사랑한다니 유감입니다.

05

자신보다
사랑할 사람은 없다

늦은 새벽이었다. 남자친구와 헤어지지 못하겠다는 친구의 연락을 받고 집 앞 공원으로 나갔다. 얼마나 울었는지 가늠이 안 될 만큼 눈이 퉁퉁 부은 친구가 온몸으로 아파하고 있었다.

무슨 일이냐는 나의 물음에 친구가 말했다.

"정말 다시 안 볼 사람이었다면 그렇게 전화해서 화를 내지 않았을 텐데, 그 사람한테 또 연락이 오면 보고 싶을 것 같아서 그에게 구구절절 싫은 이유를 말했어. 그래도 다행히 진심은 꾹 참았어."

"진심이 뭔데?"

"사랑한다고."

"뭐라고?"

"다른 여자 사랑하게 됐다는 놈을 사랑한다니, 미쳤지? 사랑한다 말하지 않은 건, 나도 정말 끝내고 싶어서야. 그런데도 그 사람에게 계속 연락이 오니까 나로선 끊어낼 수가 없어. 아직 사랑하니까."

"미쳤지. 사랑은 원래 사람을 미치게 하는 감정이니까. 사랑하거나 헤어지고 싶거나, 이렇게 단순하게 이분법으로 나눌 수 있는 게 아니잖아. 얼마나 복잡한 감정인데…. 이해해. 그래서 끝내고 싶은 마음에 일단 그 사람한테 '이제 네가 싫다'고 말했단 거지?"

"응. 네가 사랑한다는 그 여자나 신경 쓰라고. 나는 네가 밉고 싫으니 연락하지 말라고. 너한테 연락이 올수록 함께한 시간 동안에 진심은 있었는지 헷갈릴 지경이니까."

"나는 왜 너의 그 말이 '다른 사람 좋다면서 나한테 왜 연락해? 연락할 거면 그 사람 정리하고 해. 헷갈리게 희망고문 하지 말고'로 들릴까?"

"내 속마음은 그거였으니까. 근데 걔가 진심이냐

○ ● ○

고 되물은 거 보면 다행히 속마음은 들키지 않은 것
같아."

"다행이네. 그런 나쁜 애들은 상대방의 약한 마음
을 이용할 뿐이야. 사랑했던 사람에게 다른 사람을
사랑한다고 말하고서 어떻게 연락을 할 수 있어? 사
이코패스 아니니? 상대방의 상처에 공감을 못 하는
거지. 아니면 남 상처 따위 자기와 상관없다고 이기
적으로 생각하거나. 어느 쪽이든 최악이야."

"나 헤어질 수 있겠지?"

"너에게 상처 주는 사람을 사랑하는 불행을 끝내
야지."

　나에게 상처를 주는 사람과 연인관계를 유지하는
것은 스스로를 바닥으로 내동댕이치는 행위와 같
다. 이런 관계에서 이별의 고통이 '타인이 나를 사랑
하지 않는다는 사실을 감당해야 하는 것'이라면, 사
랑의 고통은 '내가 나를 사랑하지 않는다는 사실을
감당해야 하는 것'이다.

　전자보다 후자가 더 큰 상처를 입는 것은 물론이
거니와 둘은 회복의 속도도 다르다. 상대가 나를 사

랑하지 않는 것은 그 사람의 탓이기 때문에 용서할 필요가 없지만, 내가 나를 사랑하지 않는 것은 나의 탓이기 때문에 스스로를 용서해야 한다. 죄책감이라는 무거운 감정 앞에서 스스로를 용서하는 일은 어마어마한 용기가 필요한 일이다.

이런 불상사를 대비하기 위해 우린 사랑이라는 가면을 쓰고 나에게 상처 주는 이를 경계해야 한다. 그러기 위해서는 '사랑은 나를 아프게 하지 않는다'는 사실을 기억해야 한다.

누군가를 많이 사랑한다 해도, 이 세상에서 자기 자신보다 더 사랑할 사람은 없다. 하지만 사랑을 할 때 우린 이 사실을 자주 잊곤 한다.

부디, 잊지 말자.

세상에서 자신보다 더 사랑할 사람은 없다.

사랑은 나를 아프게 하지 않는다.

06

나의
사랑 그릇

사랑을 받고 싶으면서도 사랑을 받지 못하는 사람들이 있다. 보통 그런 경우는 애정결핍인 경우가 많은데, 글에 앞서 재미 삼아 간단한 테스트를 해보면 어떨까 한다.

* 애정결핍 테스트

■ 1번부터 14번까지의 문항 중, 본인에게 해당되는 문항을 솔직하게 체크해주세요.

1 가족, 친한 주변인들도 나에 대해서 전혀 알지

못한다고 생각한다.

2 손톱이나 입술을 습관적으로 물어뜯는다.

3 무언가에 강하게 집착한다.

4 상처를 쉽게 받는 편이다.

5 특정 사람들에게 관심을 받기 위하여 소리 지르기, 자해, 범죄 등을 해본 경험이 있다.

6 이성에 대한 관심이 지나치게 많다.

7 스킨십을 지나치게 좋아한다.

8 무슨 일이 생기면 자책하는 경향이 심하다.

9 좋아하는 사람이 생기면 소유욕이 강하게 든다.

10 거친 느낌에 비해 부드러운 느낌을 좋아한다.

11 아무리 먹어도 계속 속이 허전한 기분이 든다.

12 날씨가 좋지 않으면 기분도 같이 나쁘다.

13 외로움에 대한 장면, 글, 영상을 보면 금방 눈물이 맺힌다.

14 담배, 술에 의존하고 있다.

결과

1~3개: 경미한 애정결핍(일반적인 상태)

4~7개: 외로움을 잘 타는 성향(결핍된 부분을 갖고 있다.)

8~11개: 애정결핍이 강한 편

12~14개: 애정결핍이 심각한 상태

출처: 동안정신의학과(https://blog.naver.com/donganmind/221032760721)

애정결핍의 사전적 의미는 '어릴 때에 부모에게 충분한 애정을 받지 못하고 주변 사람들과도 친밀한 관계를 형성하지 못하여 불안정한 정서를 가지게 되는 일'이다.

내가 생각하는 애정결핍은 '내 안에 사랑으로만 채워지는 그릇이 있는데, 너무 오랜 시간 비워져 있어서 채워도 채워진 것으로 느끼지 못하는 상태'다.

성장 배경을 떠나서 환경과 경험에 따라 성인이 된 이후에도 애정결핍은 생길 수 있다. 핸드폰 안에서 관계가 형성되고 그 안에서의 소통이 대부분인 현재, 대한민국의 고독지수는 78점에 달한다고 한다. 사람은 사회적 동물이기 때문에 누구나 외로움을 타며 크든 작든 애정결핍을 느낀다.

나의 사랑 그릇은 어떤 상태일까.

잘못된 사랑을 담아 그릇에 금이 간 상태일 수도 있고, 사랑을 잘 담아 놓기에 불리한 모양의 그릇일 수도 있고, 아주 크고 단단한 그릇일 수도 있다.

금이 간 그릇이라면 누군가 사랑을 가득 채워줘도 갈라진 틈새로 모두 다 흘려버릴 것이고, 사랑을 담아 놓기에 불안정한 모양의 그릇이라면 사랑을 받더라도 불안할 수 있고, 크고 단단한 그릇이라면 안정감을 느끼기 쉽겠지만 오히려 결핍을 느낄 수도 있다.

나의 사랑 그릇에 누군가의 사랑이 채워지면, 나는 그 사랑을 또다시 부어줄 수 있어야 한다. 오래 고인 물이 썩듯이 사랑 역시 오랜 시간 한 곳에 머무르면 변질된다. 잘못된 사랑을 오래 담아두면 그릇까지 부패하거나 변형될 수도 있다.

그렇게 되면 다시 안정적으로 사랑을 주고받는 것이 힘들어진다. 내가 얼마나 외로움을 느끼는지, 애정을 받으면서도 얼마나 더 갈망하는지를 곰곰이 생각해보고 나의 사랑 그릇이 어떤 상태인지 체크해보자.

만약 사랑 그릇의 상태가 불안정하다면 보수를 해줘야 한다. 사랑 그릇은 내 마음 상태와 같아서 가장 우선 내가 나를 사랑해줌으로써 그릇을 단단하게 만들 필요가 있다.

그릇의 30%는 항상 스스로에게 주는 사랑으로 채워주자. 나 자신을 소중히 여기고, 취미나 신체 활동을 통해 나를 돌보자.

내가 나에게 주는 사랑에 안정감을 느끼게 되면 굳이 타인의 사랑을 갈망하지 않게 된다. 이런 이유로 가장 친밀하고 사랑하는 사이에도 어느 정도 거리감을 유지하는 편이 좋다.

애정결핍을 느끼지 않기 위해서는 건강한 사랑 그릇을 유지해야 한다. 또 사랑을 많이 받는 것보다 안정적으로 사랑을 주고받는 것이 중요하다.

07

사랑한다면
그의 곁에 머물러라

처음에 지어졌을 땐 흉물스러운 고철이라고 비난을 받았지만, 이제는 세계적으로 아름다운 건축물의 상징이 된 건물이 있다. 바로 에펠탑이다. 실제로 에펠탑의 건립 계획이 발표되었을 때 파리 시민들은 고딕 형식의 건축물들로 이루어진 도시에 흉물스러운 철골 구조물이 어울리지 않는다는 이유로 크게 반대했다. 이렇게 처음엔 별로거나 관심이 없었던 대상에 자꾸 노출될수록 익숙해지고 호감도가 증가하는 현상을 에펠탑 효과라고 한다.

에펠탑 효과는 주위에서 흔하게 볼 수 있다. 별로였던 노래가 자꾸 듣다 보니 괜찮아지는 경우, PPL

광고로 반복 노출된 상품에 호감을 갖게 되는 경우, 첫인상이 별로였던 사람과 자주 만나다 보니 좋아지는 경우 등이다.

실제로 고개를 들면 자꾸 보이는 그 사람에게 호감을 갖게 되거나, 사랑에 빠지게 되는 경험을 다들 한 번쯤 겪어보았을 것이다. 처음엔 별 관심이 없었으나 보다 보니 눈에 들어오고 자꾸 보니 괜찮아 보이는 경험을 말이다.

우리는 고개를 돌렸을 때 언제나 볼 수 있는 위치에 있는 그 사람과 사랑에 빠지게 될 확률이 높다. 이러한 확률 덕에 캠퍼스커플, 사내커플, 친구에서 연인으로 같은 설렘과 소름이 공존하는 단어들이 생겨난 것이다.

지인들이 나에게 연애 상담을 해올 때가 있는데, 그중 반은 사랑을 받기 위함에 대한 상담이고 반은 사랑을 줄 수 없음에 대한 상담이다. 후자에게 내가 해줄 수 있는 말은 '어쩔 수 없다'라는 말이 거의 전부이지만, 전자에게 해줄 수 있는 말은 경우에 따라 다양하다.

그중 짝사랑의 경우에는 '곁에 머무르라'는 조언을 가장 많이 한다. 상대가 의식하게끔이 아니라 그가 의식할 수 없게끔. 마치 배경처럼, 언제나 그 자리에 있었던 것처럼, 마치 에펠탑처럼 그의 곁에 머무르는 것이 중요하다.

너무 티 나게 곁을 서성이면 상대에게 부담이 되기도 하거니와, 그걸 떠나서 스토커로 신고를 당할 수 있으니 조심해야 한다. 내가 먼저 그를 의식하면 상대가 눈치채기 쉽다. 자주 바라본다거나, 티 나게 챙겨준다거나 억지로 그에게 나의 존재를 각인시키는 건 좋은 방법이 아니다.

의식할 수 없게 머무르는 것은 그의 곁에 '그냥' 있는 것이다. 자연스럽게 그의 주변에 스며든 상태로 그저 내 할 일을 하다가, 그가 고개를 돌렸을 때 그의 시야에 내가 있는 것이다. 시선의 주체가 누구냐에 따라서 부담이 되고 안되고가 결정되기 때문이다. 그렇게 한 번, 두 번이 여러 번이 되면 그는 당신을 인지할 것이고, 그때부턴 그의 의지로 당신을 바라볼 것이다. 그리고 특별한 변수가 없다면 사랑은 이루어질 것이다.

에펠탑 효과로 인해 확률의 여신은 당신의 손을 들어줄 테니까. 아마도.

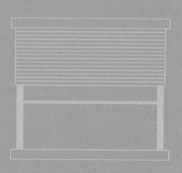

Part 5

살아야 한다는
마음으로

자신이 공들이고 견뎌낸 모든 것을
기억하는 사람에게는
슬픔조차도
오랜 시간이 지나면 기쁨이 된다.

호메로스

01

인생엔
리셋 버튼이 없다

우리는 살면서 여러 선택의 순간들과 마주한다. 그리고 그 선택들로 만들어진 현재를 살아간다. 현재가 만족스럽지 않을 때 우리는 과거를 회상하며 후회하곤 한다. '그때 다른 선택을 했더라면 더 나은 삶을 살고 있을 텐데'와 같은 후회들. 하지만 숱하게 과거를 되감으며 후회한다고 해서 달라지는 것은 아무것도 없다. 드라마에서처럼 간절한 마음으로 시계를 거꾸로 돌린다고 과거로 돌아가지 않는다. 드라마는 드라마일 뿐이고, 시곗바늘은 절대 거꾸로 돌아가지 않으니까.

그 사실을 깨달으니 스스로가 마치 게임에서 능

력치를 잘못 찍은 캐릭터 같았다. '캐릭터를 다시 키울까?' 하는 생각이 드는 상황 말이다. 하지만 게임과 달리 인생엔 리셋 버튼이 없다. 현실을 인정하고 현재의 최선을 선택하며 살아가야 한다. 대책 없이 하고 싶은 것만 하면서 살다가 인생을 마감할 수는 없다.

시간을 앞서가려는 욕심으로 미친 듯이 열심히 무언가를 좇을 필요도 없다. 그저 감당할 수 있는 선에서 최선을 다하면 된다. 여기서의 최선은 노력했기 때문에 어떤 결과라도 감당할 수 있을 만큼을 말한다. 시험 점수가 90점이 나와도 '더 열심히 할 수 있었는데'라고 후회하는 사람이 있는 반면, 60점이 나와도 '최선을 다했으니 괜찮다'고 만족하는 사람이 있기 마련이다.

선택의 결과는 내 노력만으로 되지 않는다는 사실을 받아들여야 한다. 노력은 모두가 하는 것이고, 이런 경우 대부분은 노력보다 재능과 운, 예상치 못한 변수들이 결과를 좌지우지하니까. 그건 어쩔 수 없는 일이지, 슬픈 일이 아니다.

어쩔 수 없는 일들에 연연하는 것은 앞으로의 삶에 별로 도움이 안 된다. 아파하는 동안에도 시간은 흐르고 답 없는 슬픔은 스스로에게 해를 끼친다. 어쩔 수 없는 일을 받아들이고 나를 다독이는 시간은 큰 도움이 된다. '수고했다', '최선을 다했으니 되었다', '전보다 나은 결과이니 성공한 것이다', '잘 하고 있다', '그 일은 내 것이 아니었다'와 같은 말로 스스로를 안아주는 시간을 가져야 한다. 그렇게 어쩔 수 없는 일을 내 탓으로 돌리지 않고, 그 상태로 그저 두는 일. 나는 이것을 잠시 'Pause' 버튼을 누르는 것이라 말한다.

현재 상황에 좌절감이 들 때 우리는 이 사실을 기억해야 한다. 인생엔 리셋 버튼이 없다.

우리는 Pause 버튼을 눌러가며 건강하게 계속 삶을 Play 해야 한다.

○●○
147

02

힘을 빼야
나아갈 수 있다

처음 수영을 배울 때 나는 물에 뜨지도 못했다. 물 공포증이 있었던 건 아니지만 발차기를 할수록 물에 가라앉는, 소위 맥주병이었다. 수영 강사님의 말에 의하면 사람은 누구나 물에 뜬다는데, 나는 사람이 아닌가 싶을 정도로 한 달 동안 수영장 물을 하도 마셔서 매번 코와 목이 아팠고 늘 배가 불렀다. 실제로 아침, 점심을 거르기도 했다.

그래서 매년 봄마다 수영 배우기를 시도하다 힘들어서 도중에 포기하기를 되풀이했다. 그렇게 3년인가를 반복하다가 올해는 수영을 잘 못한다는 걸 인정하고 그냥 쭉 다니기로 마음먹었다.

'나는 수영엔 재능이 없구나. 운동할 겸 체력이나 기르자'라는 마음으로 다닌 지 두 달쯤 되던 어느 날이었다. 물속에서 이상하리만치 편안한 느낌이 들었다. 태어나서 처음으로 느껴보는 몸의 감각이었다.

물 안에서는 몸이 무거워지고 내 뜻대로 안 돼서 세 번 정도 양팔을 휘젓다가 바로 물을 먹는 게 일상이었다. 그런데 그날따라 내 팔다리가 물을 쉬이 가르더니 몸이 앞으로 나아갔던 것이다. 숨이 차서 물 밖으로 나오니 레일의 반 이상을 헤엄쳐 와 있었다. 나는 놀라서 수영 강사님께 "선생님, 오늘 물이 이상해요."라고 말했다. 그러자 강사님은 너털웃음을 지으며 "몸에 힘이 빠져서 그래요."라고 답했다.

그동안 먹은 수영장 물이 '쏴아' 하고 내려가는 기분이었다.

힘을 빼야지, 빼야지 할 때는 전혀 되지 않던 일이었다. 억지로 힘을 뺐을 때도 앞으로 나아가지 않았고(사실은 그게 힘이 들어간 것이었다) 열심히 팔을 휘젓고 발을 찼을 때는 앞으로 나아가기는커녕 물

만 먹어서 너무 힘들었다. 그런데 지쳐서 나도 모르게 몸에 힘이 빠지니 가라앉지도 않고 앞으로 쑥쑥 나아가는 것이었다. 지쳐서 마음을 내려놓으니 되는 일이라니.

우리의 삶과도 비슷하다는 생각이 들었다. 힘을 빼야겠다고 의식할수록 뭐라도 해야 한다는 긴장감에 더 힘이 들어가고, 힘이 들어가면 들어갈수록 일이 뜻대로 안 풀리는 것이 꽤나 닮아 보였다.

몸에 힘을 잔뜩 주고 열심히 살아도, 앞으로 나아가지 않고 오히려 물만 먹을 때가 있다. 그럴 땐 힘을 내려놓으면 된다. 몸도 마음도 지쳐 힘이 정말 빠졌을 때, 굳이 안간힘 쓰지 않고 몸과 마음을 내려놓고 그냥 사는 것이다. 그때 오히려 우리의 삶은 앞으로 나아간다.

안 될 땐 너무 애쓰지 말자.

힘을 빼야 앞으로 나아갈 수 있다.

03

이제 우리
그만 아프기로 합시다

"나 어제 사람 죽였다."

의사인 언니가 말했다. 언니는 애써 웃어보였지만 너무 슬픈 표정이었다.

"내가 와인은 잘 모르지만, 와인 좋아하는 너네 집에 놀러온다고 비싼 걸로 사 왔다! 삼겹살도 사 왔다!"

불과 두 시간 전만 해도 내 손에 삼겹살을 건네며 에어프라이어기에 돌려달라고 천진하게 웃던 언니였다. 와인을 한 잔씩 나누고 "나한테 뭐 잘 보일 게 있다고 이렇게 좋은 와인을 사 왔어?"라고 물었더니 "이 와인 사실 고향에 사는 친구 결혼식 선물이었는데, 그 친구가 챙기는 걸 깜박하고 내 차에 두고 내린 거야. 나도 집에 와서 발견했어. 그래서 그대로 들고 왔지."라는 솔직한 대답이 돌아왔다.

언니는 그런 사람이었다. 천진한 웃음이나 지을 줄 알지 듣기 좋으라고 거짓말은 못하는 사람. 그런 언니가 처음으로 나에게 웃으며 아프다는 말을 했다.

"나 어제 사람 죽였다."

언니를 빤히 바라보았다. 웃어보려는 언니의 노력이 무색하게도 언니의 입꼬리는 꿈쩍도 않았다. 나는 일부러 박장대소하며 말했다.

"아니, 언니가 무슨 사람을 죽여."

"어제 처음으로 내 환자가 죽었어. 퇴근 후에 상태가 안 좋아졌대서 급하게 콜 받고 병원 가서 응급조치 취했는데, 다음 날 아침에 사망했어. CPR을

30분이나 했는데….”

"최선을 다했네."

"최선을 다했지. 근데 죽었잖아….”

"신도 아니고 사람 운명까지 바꿀 순 없어."

"뭐라도 내가 더 할 수 있는 게 있지 않았을까 하는 생각이 들더라. 그냥 그런 거 있잖아. 내 잘못 아닌 거 아는데, 내 잘못 같고, 그런 거….”

"언니 잘못 아니야."

"그래…. 내 잘못이 아니지."

언니는 다시 미소를 지었다.

문득, 그런 생각이 들었다. 사람들의 미소 뒤에 얼마나 많은 슬픔이 감춰져 있을까. 그리고 우리는 내 잘못이 아닌 일들에 얼마나 더 아파해야 하는 걸까.

자책은 그만합시다.

이제 우리 그만 아프기로 합시다.

04

행복의
단계

사람을 좋아하는 성격 탓에 어릴 때부터 주변에 늘 사람이 많았다. 사람이 많은 곳을 찾아다녔고, 털털하고 유쾌한 성격 덕에 새로운 사람을 사귀는 게 어렵지 않았다. 그렇다 보니 언제나 나는 혼자보단 여럿이, 조용한 곳보단 얘깃거리가 많은 곳에 있었고, 그래야 행복한 것이라 생각했다. 많은 사람에게 둘러싸여 와자지껄하게 웃으며 즐거워 보이는 시간들이 나를 그렇게 믿게 했다.

사진첩 속 몇 년 전의 내 모습은 즐거워 보이고 행복해 보인다. 당시에 스스로도 이 정도면 행복하다고 생각했다. 하지만 동시에 불행하다는 생각도 했다.

정확히 기억나지 않는 언젠가, 집으로 돌아오는 차 안에서부터 공허해지기 시작하더니 집 안에 들어섰을 땐 마음에 구멍이 난 듯 휑하게 느껴졌으니까 말이다. 집에 돌아와 고요 안에서 혼자가 된 나를 발견했을 때, '나는 불행해진 걸까?'란 생각이 들었다. 그제야 하루 종일 구두 안에 갇혀있던 발이 아직도 저릿저릿하다는 사실을 깨달았다.

소위 '현타'가 오는 그 기분이 너무 싫어서 혼자 있는 시간을 못 견디던 그때, 혼자가 된 틈을 견디지 못하는 내 자신이 또 싫었던 나는 아마 '행복해 보이는 것'이 행복한 것이라는 착각 속에 있었던 것 같다. 행복해 보이려고 노력하면서 행복한 척을 하고, 그게 행복이라고 믿었다.

'뭐가 진짜 행복일까?'라는 고민을 시작한 건 그때부터였다.

꽤나 긴 시간이 지난 지금, 당시의 행복은 '허상'이었다 고백하고 싶다. 주체가 내가 아닌 행복을 온전한 행복이라고 말할 수 없기 때문이다.

얼마 전 행복에 단계가 있다는 얘기를 들었다. 높은 단계의 행복을 누릴 수 있느냐 없느냐는 사람마다 가진 마음의 크기에 달렸다는 얘기였다. 행복은 3단계로 나뉘는데, 1단계는 자신의 마음의 크기에 맞는 만큼만 행복을 느끼고 거기에 만족하는 것이다. 2단계는 마음을 넓게 가지려 노력하고, 그 여유를 통해 더 큰 행복을 찾는 것이다. 3단계는 행복의 크기보다 행복을 대하는 태도가 중요하다는 것을 깨닫고, 행복을 소중한 사람과 나누면 행복이 배가 된다는 사실을 배우는 것이다.

이는 '믿거나 말거나 행복이론' 같은 것이었는데, 나는 엉터리일지 모르는 이 행복이론이 마음에 들었다. 행복이론을 지침 삼아 진짜 행복을 찾다 보니 내가 좋아하는 것들을 알게 되었다. 내가 좋아하는 것이 무엇인지 알고 이를 행함으로써 행복하다고 느끼게 되니 마음에 여유가 생겼고, 이 행복을 나누고 싶어 타인을 위해 마음을 쓰기 시작했다.

타인에겐 내 마음이 행복으로 전해졌고, 나눴으니 비워질 거라 생각했던 내 마음 역시 행복으로 채워졌다. 진짜 행복은 빼기가 아닌 곱하기라는 것을 배우게 된 것이다. 진짜 행복은 나누면 배가 된다. 많이 나눌수록 더 큰 행복이 되는 것이 가장 행복한 단계가 아닐까.

05

돈과 행복의
상관관계

지인들과 이야기를 나누던 중에 한 언니가 말했다.

"난 요새 고민이 있어. 돈이 많으면 행복할까?"

내가 다시 물었다.

"돈과 행복의 상관관계를 말하는 거야?"
"응. 사람들은 무작정 돈이 많으면 행복할 거라고
생각하잖아. 그래서 돈 많은 사람을 부러워하고 돈
을 최고의 가치로 두기도 하잖아. 나도 어릴 때부터
돈이 정말 중요하다고 생각했었다? 근데 행복과 관

련이 있는지는 잘 모르겠는 거야. 그래서 돈과 행복의 연관성에 대해 막 찾아보다가, 돈과 행복의 상관관계를 나타낸 유명한 그래프를 봤지."

"일정 수준까지는 돈이 많을수록 행복지수가 올라가는데, 어느 구간 이상부터는 아무리 돈이 많아져도 행복지수는 머무른다는 그래프?"

"응. 그럼 돈이 중요하긴 하지만, 최고의 가치는 아닌 거잖아."

"그렇지. 돈만 있다고 행복해지는 건 아니라는 거지."

다른 지인이 말을 보탰다.

"근데 돈이 많아서 행복한 사람들도 있잖아."

"그 사람의 그릇인 거지. 결국 행복은 자기만족이거든. 사람마다 행복의 절댓값이 다르다고나 할까? 나는 10이 채워져야 행복한데 5까지가 돈으로 얻을 수 있는 행복지수라면 나머지 5는 다른 요소를 찾게 된다는 거야. 돈으로 살 수 없는 것들이겠지. '나는 돈만 많아도 행복해'라고 말하는 사람들은 5가 그 사람의 기준이라는 거지."

"근데 인간이 100% 행복해질 수는 없잖아."

"100%는 사실 없다고 생각해. 인간은 완전한 존재일 수가 없다는 말이야. 우리는 그저 매일매일 완전에 가까워지는 노력을 하면서 살아갈 뿐이지. 오늘은 이 정도에 만족했지만 내일은 그 이상을 바라는 존재이기 때문에 하루 또 하루 더 무언가를 원하고, 그걸 채웠을 때 만족을 통해 행복을 느끼는 거지. 하루하루 나아갈수록 더 큰 행복을 느끼며 살아가는 삶이 가장 안정적인 행복을 추구하는 삶이라고 생각해."

지인이 고개를 끄덕이며 말했다.

"근데 사람들은 매일매일 원하고 채우면서 매일매일 행복해하지 않지···. 행복을 놓치는 거네."

언니가 그 말에 맞장구쳤다.

"맞아. 인간은 100%라는 수치에 도달해야 행복

하다고 생각하잖아. 그래서 평생 행복에 필요한 조건들을 채워가며 살아가다 삶을 마감하지."

내가 다시 말을 이었다.

"어느 다큐에서 봤는데, 죽음을 앞둔 사람들을 만나보면 행복을 너무 늦게 깨달았다고, 행복은 곁에 있었다고 말하는 경우가 많대. 그걸 보면서 인간의 불완전함과 어리석음, 그로 인한 생의 허무함에 대해 고찰했던 적이 있거든. 행복을 놓치지 않는 방법 말이야."

"그 방법이 뭐야?"

"방법 중에는 우리가 말한 돈도 포함이 되어 있을 거고, 나머진 본인이 찾아야 하는 거 아닐까? 행복은 누가 대신 해주는 게 아니야. 내가 하는 거지."

"사랑? 사람들이 돈 말고는 사랑을 최고의 가치로 뽑잖아. 꼭 연인관계가 아니더라도."

"내가 사랑하는 것, 소중한 것은 돈과 바꿀 수 없거든. 우리는 그 소중한 것들을 지키기 위해서 돈을 벌 뿐이야. 근데 돈을 좇다 보면, 나에게 소중한 것들이 무엇이었는지조차 잊어버리게 되지. 가령 평화로운 오후 가만히 석양을 바라보는 일, 사랑하는 이의 따뜻한 품, 일요일 아침 햇살 아래 느껴지는 포근한 이불, 아이의 잠든 이마에 손을 얹어주는 일, 보글보글 엄마의 된장찌개…. 곁에 있는데도 잊어가는 것들, 잃는 줄도 모르고 잃어버리는 것들. 여유로운 생활을 할 수 있을 만큼의 돈을 버는 것은 중요하지만, 소중한 것들을 잊지 않는 것이 더 중요해. 그러면 행복할 수 있어."

06

잠시 쉬어가도
좋습니다

노력 중독이라는 현상이 있다. 번아웃된 상황을 인지하지 못하고 휴식을 취해도 계속 스트레스를 받는 현상이다. 흔히 말하는 워커홀릭, 내가 그랬다.

'더 빨리 해내야지', '더 잘 해내야지', '인정받을 거야'

스스로를 응원하는 것이라 생각하며 끼니를 거르고 밤을 지새우며 일했던 때가 있었다. 당시엔 그렇게 일을 해야 열심히 사는 것 같아 안도감이 들었다.

눈앞의 일을 이뤄내겠다는 열정으로 나를 극한으로 몰아붙이고 온 힘을 다해 그 일을 이뤄냈을 때 나는 주변에서 인정받았다. 그 성취감이 달아날까 이뤄낸 일보다 더 큰 일을 찾았고 더 큰 성취감과 인정, 보상을 위해 나를 더 극한으로 몰아붙였다. 명절이 돼서 어쩔 수 없이 쉬어야 되는 날이면 몹시 초조하고 불안했다. 본가에서 할 수 있는 그 어떤 노력이라도 해야 마음이 편했다.

나 자신보다도 일이 1순위가 되다 보니 자연스레 건강이 안 좋아졌고 인간관계가 끊겼다. 공허함이 밀려왔다. '내가 너무 앞만 보고 달리나?' 하는 생각이 들었지만 잠시뿐, 멈출 수 없었다.

오히려 공허함을 채우기 위해 나는 더 일에 매달렸고 더 최선을, 최선을 위한 최선을 다했다. 그때부터 전보다 좋지 않은 결과물들을 내기 시작했다. 마치 과부하가 온 기계 같았다.

일에 집착했던 200%의 열정은 200%의 상실감으로 되돌아왔다. 상실감을 어떻게 채워야 할지 몰라 습관처럼 일을 잡았다. 하지만 일에 집중할 수 없었다. 내 주위에 남은 건 아무것도 없었고, 내 안에 남아있던 것들조차 모두 사라진 지 오래였다.

텅 비어버린 폐허 같았다. 그제야 나는 멈췄다. 전

원이 꺼진 기계처럼, All Stop.

멈춘다고 모든 게 해결되지는 않았다. 무엇을 해야 할지 생각했지만, 무엇부터 해야 할지를 모르고 있었다.

'아주 오래전의 나는 이럴 때 뭘 했지?'

방 안을 둘러보다 먼지가 가득 쌓인 피아노에 시선이 멈췄다. 덮개를 들추자 뽀얀 먼지가 순식간에 허공으로 날려 시야를 흩뜨렸다. 피아노엔 오래된 악보가 놓여 있었다. 나는 굳어버린 손가락으로 건반을 눌러보았다.

그리고 'rest'를 마주했다.

음악에서는 끝을 'fine', 그리고 쉼표를 'rest'라고 한다. 음악의 시작부터 fine까지는 수많은 'rest'가 존재한다.

음악을 전공했던 나는 대학생 때 클래식 피아노 수업시간에 있었던 일이 떠올랐다. 곡을 연주하던 중 rest가 나왔고, 나는 한 호흡으로 갈 수 있어서 굳이 쉬지 않고 한 호흡으로 그 마디를 넘어갔다.

교수님은 stop을 외치셨고, rest 앞에서 쉬지 않았다는 이유로 혼이 났다.

"아무리 쉬지 않고 갈 수 있는 호흡이 된다고 하더라도 쉼표에서는 꼭 쉬어줘야 합니다. 그게 음악에서의 약속이에요. 그래야 곡을 망치지 않고 끝까지 잘 연주할 수가 있습니다."

나는 교수님의 말씀을 내 상황에 대입해서 되뇌었다.

'꼭 쉬어줘야 한다. 그래야 망치지 않고 끝까지 잘 갈 수 있다.'

나는 rest, 쉼표를 잊고 있었다. 쉬어야 할 때 쉬지 않았던 것이다.

우리의 삶도 그렇다. 아무리 계속할 수 있다고 해도, 쉬어야 하는 순간이 오면 쉬어야 한다. 그게 삶의 약속이다.

힘든 시기의 우리는 쉼표가 필요한 상태와 같다. 그럴 땐 잠시 쉬어가도 좋다. rest, 다시 나아가기 위한 휴식이 필요한 것이다.

07

인생의
의미

오랜만에 서점을 찾았다. 평소 눈여겨보던 책들과 내 취향의 다이어리, 필기감이 마음에 드는 펜 몇 개를 사서 집으로 돌아왔다. 빳빳하고 깨끗한 흰 종이 위로 1년 계획과 목표들을 써 내려가다가 문득 이런 생각이 들었다.

'나는 이 목표들을 이루려고 1년을 사는 걸까?'

동기부여와 의욕 상승을 위해 작은 목표들을 자주 세우는 편인데, 그렇게 목표를 세우고 나면 그 목표를 이루기 위해 스트레스를 받아가며 시간과 에너지를 쏟아부었다.

온 힘을 쏟을 정도로 목표에 매달리기 때문에 보통은 목표들을 거의 이루었다. 문제는 항상 목표를 이룬 다음이었다.

대학에 들어갔을 때, 내 이름이 실린 영화가 개봉했을 때, 내 이름이 찍힌 책을 출판했을 때, 커리어라고 부를 만한 목표를 이뤘을 때 기쁘기보단 허무한 마음이 먼저 들었다.

아마 목표를 위해 쏟아부은 노력과 시간에 대한 보상을 기대했던 것 같다. 내 삶이 달라진다거나, 지금보다 더 나은 사람이 된다거나, 내가 보다 대단한 일을 할 수 있을 것 같은 기대를. 어쩌면 착각을.

목표를 이뤘으니 한 단계 성장한 것 아니냐는 질문에 매번 답을 할 수 없었고, 대신 그 공허함을 메꾸기 위해 또 다른 목표를 세웠다. 그러면서도 이 목표를 이룬다 한들 내 인생에 무슨 의미가 있는지, 다시 답할 수 없는 질문이 날아드는 딜레마가 이어졌다.

오늘 해야 할 일들이 시시하게 느껴졌고, 앞으로의 내 인생도 이런 식이지 않을까 하는 생각이 들자 인생 자체가 시시해 보였다. 그러다 다람쥐 쳇바퀴 돌리듯 사는 인생이 과연 의미가 있을까 하는 생각에 이르렀다.

나는 인생의 의미를 찾겠다고 무작정 혼자 강원도로 향했다. 안목해변, 경포해변, 강문해변, 사천해변 등 해변을 따라 계속 걷고 또 걸었다. 바다를 보며 머무르고, 다시 걸으며 새롭고 다양한 감각을 느끼고, 그 감각들이 나에게 가져다주는 감정들에 대해 깊게 생각해볼 수 있었던 시간이었다.

그리고 나는 답인지 모를 답을 얻어 돌아왔다.

인생은 의미가 없다.
인생엔 정답이 없다.

이게 내가 바다에서 얻은 답이었다.

'인생의 의미는 무엇인가?'라고 물으면 돈, 명예, 평화, 사랑 등 사람마다 답이 다를 것이다. 하지만 그것은 '인생'의 의미가 아니라 자신이 인생을 살아가면서 의미를 '부여'한 것들이다. 이 두 가지는 완전히 다르다.

나는 이제 인생의 의미를 찾는 것을 그만두었다. 무의미한 일이라는 생각이 들었기 때문이다. 다만

무감각해지는 것이 가장 두려운 일이 되었다. 과거에 목표지향적인 삶을 추구했던 나는 마치 로봇처럼 목표를 설정하고 그걸 이뤄내기만 하면 된다고 생각했었다.

그러나 나는 로봇이 아닌 사람이고, 사람은 사람답게 살아야 한다. 나는 사람으로서 인생을 살아가며 '무엇에 의미를 부여할지'를 생각하게 되었다. 시간, 장소, 그 무엇도 될 수 있겠지만 나에게 가장 의미 있는 것은 감각이다. 감각의 가치가 가장 소중하다.

우리는 바람을 맞으며 음악을 듣는 것만으로도 행복해질 수 있다. 3분 늦게 나온 출근길에 놓칠 줄 알았던 버스가 오늘따라 3분 늦게 도착해서 버스를 탈 수 있게 된 것으로도 행복해질 수 있으며, 횡단보도 앞에 도착했을 때 신호등이 바로 파란불로 바뀌는 것으로도 우리는 행복해질 수 있다.

사소한 행복에 무뎌지지 않는 것, 나의 하루 안에서 가치 있는 순간들을 찾는 것, 그리고 그 가치가 인생의 의미가 되는 것. 그 의미는 내가 부여하는 것이다.

인생의 의미를 찾고 싶고, 의미가 없다고 느낀다면 당신은 이미 답을 찾은 것일지도 모른다. 인생엔 정답도 없고 정해진 의미도 없으니까. 인생의 의미는 지금 당장이라도 내가 부여할 수 있다.

이 책을 읽고 있는 이 순간의 가치. 여유의 가치.

견뎌야 하는 삶이 아닌, 즐기는 삶으로.

　이 책은 N년 전부터 꾸준히 조금씩 써 내려간 책
이다.
　버티는 것이 답이라 믿었던 삶을 부정당하는 순
간과 일상에서 뒤통수를 세게 맞았을 때의 기록이
라고 봐도 되겠다.
　'이러려고 열심히 살았나.' 싶은 순간들.

　어릴 적 나의 꿈은 특별한 존재가 되는 것이었다.
　무늬만 어른이 되고 나선

특별한 존재는 보통의 존재라는 사실을 알게 되었다.

사회의 평균, 보통이란 기준에 맞춰 살기 위해 애썼지만

나에게 보통의 존재란 너무 버거워

보통의 존재가 되기 위한 노력을 내려놓기로 했다.

정해져 있는 기준에 맞추기보다

내가 기준이 되는 자유로운 존재로 살아가기로 했다.

유연함, 자유로움, 내려놓음.

나는 이 세 단어를 가슴에 자주 새긴다.

사전적 의미는 다를 수 있으나,

내겐 모두 같은 의미로 내 마음의 동의어라고 말
할 수 있겠다.

우리 힘들 땐 마음을 내려놓기로 하자.

견뎌야 하는 삶이 아닌, 즐기는 삶에 초점을 맞춰
보기로 하자.

부디 당신이 조금은 자유로워졌기를,

타인의 자유에도 너그러워졌기를,

스스로에게 너그러워졌기를.

우리의 내려놓음을 응원한다.

힘들면 힘 내려놔

1판 1쇄 인쇄 2021년 3월 2일
1판 1쇄 발행 2021년 3월 17일

지은이 정다이
펴낸이 안종남

펴낸 곳 지식인하우스
출판등록 2011년 3월 31일 제 2011-000058호
주소 04035 서울시 마포구 양화로7길 55(서교동) 신양빌딩 201호
전화 02)6082-1070
팩스 02)6082-1035
전자우편 jsinbook@naver.com
블로그 blog.naver.com/jsinbook
페이스북 facebook.com/jsinbook
인스타그램 @jsinbook

ISBN 979-11-90807-16-6 03810